プラチナ文庫

或る猫と博士の話。

成瀬かの

"Aru Neko to Hakase no Hanashi."
presented by Kano Naruse

プランタン出版

目次

※本作品の内容はすべてフィクションです。

——いいかい、３０７号。おまえは人間じゃない。できそこないの役立たずだ。そんなおまえに私たちは食べ物と寝床を与え、養ってやっている。おまえは私たちに心から感謝し、学び、仕えねばならない。

もし逆らったりしたら——わかっているね？

朝、目を覚ましたリュリュは、しばらくの間ふかふかの寝台の中でぼーっとしていた。

——おひさま、きらきら。

さわやかな風に、カーテンが緩やかに揺れている。

——それに、とってもいいにおい。

リュリュはひくひく鼻を動かす。たっぷりのバター《ブール》とソーセージ《ソスィス》と焼ける卵《ウフ》の匂いだ。しあわせな匂いに、寝台の端から力なく垂れていた尻尾の先がぴくぴく動き出す。

——ん……？　待って。ごしゅじんさまがいない！

隣で寝ていたはずの存在が消えていることに気づいたリュリュの三角の耳がぴんと立った。小さな足でタオルケットを蹴飛ばし起きあがる。柔らかいマットレスに足を取られながらも大急ぎで寝台から降りると、リュリュは寝室を飛び出した。

リュリュは仔猫だ。

ニンゲンと似た形をしているけど、ニンゲンじゃない。

毛の生えた三角形の耳と尻尾があって、毛並みは黒に茶が斑《まだら》に混じった不思議な色。

「ごしゅじんさま、おあよーございます」

厨房《キユイジーヌ》の引き戸を開けて大きな声で挨拶をすると、灰色の長い髪を半ばで一つにくくった細身の男が振り向いた。

「おはよう、リュリュ」

穏やかな人柄そのままの柔らかな声。ご主人さまが声を荒げたところをリュリュはまだ見たことがない。

「ごめんなさい、ごしゅじんさま。リュリュ、おねぼうした……」

ぺそりと耳を倒してしょげるリュリュに、ご主人さまは優しい。

「まだ寝ててかまわなかったんだぞ。ポタージュもあたたまってないしな」

でも、リュリュはご主人さまのお役に立たなきゃならないのに。

「リュリュね、明日はごしゅじんさまより早くおっきする！」

「そのご主人さまっていうのは、そろそろやめないか？　ユーリと名前を呼んでかまわないんだ」

とんでもない！

リュリュはふるふると頭を振って、ご主人さまの右足にきゅっとしがみついた。

「ごしゅじんさま、リュリュのごしゅじんさま！」

リュリュが、すり、と太腿《ふともも》の裏に顔を擦《す》りつけると、苦笑したご主人さまが頭を撫《な》でてくれる。

「そんなに気張るな。君は私の使用人じゃないんだ。ほら、おいで」

コンロの火を止めてフライパンを置くと、ご主人さまはリュリュを抱き上げてくれた。

「座って。ミルクを飲んで待っているといい」

そんなのだめだと、リュリュは必死に抗弁する。

「リュリュも、おてつだいする……！」

「じゃあ、私のパンにバターとコンフィチュールを塗っておいてくれないか」

幼児用の高い椅子に座らされたリュリュの前に、テーブルの反対側に置かれていた皿が運ばれてきた。

「パンが冷えると、バターが溶けなくなってしまう。熱いうちにコンフィチュールも塗って味を馴染《なじ》ませたのが好きなんだ」

「……あい！」

リュリュが真剣な顔で身を乗り出し、バターの入った小さな器とナイフを引き寄せると、ご主人さまは料理の続きにとりかかる。

「ごしゅじんさま、どのお味がいーい？」

丁寧にバターを塗り終えたパンを満足げに眺めたリュリュが立てたお伺いに、ご主人さまは小さく首を傾《かし》げた。

「ではブルーベリーを」

「あい」

ブルーベリーのコンフィチュールを銀のスプーンですくうと、空っぽのおなかがくるくる鳴く。ご主人さまは切ない催促に応え、テーブルの上に二人分の朝食を並べてくれた。

卵料理に朝摘みの野菜のサラダ。リュリュ用のミルクのカートンに、濃い目のカフェ・クレーム。

すべての準備がすむと、ご主人さまはエプロンを取ってリュリュの向かいの席に座る。

「いただきます！」

「いっぱい食べなさい」

硝子《ガラス》のコップいっぱいに注がれたミルクをんくんくと飲みながら、リュリュはこっそりとご主人さまを見つめた。

ご主人さまはリュリュと全然違う。つやつやの三角の耳もぴゅんぴゅん動く尻尾もない。ゆったりとした麻のパンツとシャツを纏った軀《からだ》はおっきくて、長い腕はリュリュを軽々と抱き上げる。

なんでも知っているし、優しい。なんて立派でいいご主人さま！

ふんすと鼻息を荒げて誇らしげに胸を張るリュリュに、ご主人さまはちょっと不思議そうに首を傾げる。

＋　＋　＋

朝食が済むと、お仕事のためご主人さまが書斎に引っ込んでしまったので、リュリュはパトロールに出発した。まずは庭を一周だ。

お屋敷の外には緑に満ちあふれた庭が広がり、菜園や果樹が点在している。その全部を巨大なドームが覆っていた。黒い錆《さび》止めの塗られた鉄骨のせいでまるで鳥籠みたい。林立するビルがくすんだシールドの向こうにぼんやり透けている。

この鳥籠の中がリュリュの世界の全てだった。

閉ざされた狭い世界を、リュリュはでも、とても気に入っている。

ここにいるのはリュリュとご主人さまと、時々訪ねてくるご主人さまのお友達だけ。リュリュに優しいものだけで満ちている。

尻尾をふりふりドームにそって一周すると、リュリュはお屋敷の探索に取りかかった。ご主人さまに連れてこられてからまだ二週間。このお屋敷にはまだまだ知らない場所がある。

「ひみつの、どうくつ」

片っ端から扉を開いて覗《のぞ》いていたリュリュは、たくさんの白い布がしまわれた小部屋に空いた四角い穴を発見し、目をきらんと輝かせた。

入り口には厳《いか》つい鉄の格子がはまっていたけれど、爪でかりかりすると螺旋《ネジ》が緩む。ごとりと重々しい音を立て外れた格子を床に投げ出すと、リュリュは早速頭から穴の中へと潜り込んだ。曲がりくねり、枝分かれしている穴の全部に這《は》い込み、どこへ通じているのか確かめてゆく。

白い子は、こういうことするの嫌ってゆってた。

ふとシセツで一緒にいた子のことを思いだし、リュリュは鼻に皺《しわ》を寄せる。

——そんな遊びしないわ。あなたはそんな斑だから汚れるのも気にならないかもしれないけど、私は白いんだもの。

目の前を小さな蜘蛛《くも》が横切ってゆく。リュリュはいつのまにか鉄で囲まれた狭苦しいどうくつの中でぼんやりしてしまっていた。

目にかかる髪を摘んで引っ張ってみる。

リュリュの毛並みは黒と茶色が斑に混じったとても不思議な色合いだ。こんな毛並みの猫はリュリュの他にいなかった。他の皆は白や黒や茶虎や、とにかくリュリュより綺麗《きれい》な色をしてたのに。

ご主人さまも、白い方が好き？

そう思ったら心臓のあたりがちりちり痛くなった。

リュリュ、もっと綺麗な毛並みに生まれたかったなあ……。

きゅうっと人差し指の爪を伸ばして蜘蛛を押さえつける。もがくさまをじいっと見つめるリュリュの目があたたかみを失い、人形のように光った。

ほんのちょっと力を込めれば、この蜘蛛は死ぬ。

じりじりと爪先が下がってゆく。

だが、蜘蛛が潰れてしまうより早く、リュリュはぴんと耳を立てて動きを止めた。

「むむ?」

解放された蜘蛛がぴょんぴょん跳ねて逃げてゆく。

リュリュは大急ぎで出口まで這い戻ってすんすん空気の匂いを嗅《か》ぐと、ご主人さまの元へと走り出した。

書斎ではなく、居間をそうっと覗き込む。すると、ソファに黒い髪をライオンのたてがみのようにもさもさcouさせた体格のいい男がいた。

この男の名はヴァーノン。二日に一度は屋敷に顔を出す、ご主人さまと一番仲のいいお友達だ。

リュリュに気がついたご主人さまが両手を広げた。

「ああ、おいでリュリュ。パトロールは終わったのかい?」

ヴァーノンも振り返り、ふんと鼻を鳴らす。

「リュリュ、おまえからも博士に言ってくれないか? 舞踏会の招待状を無視するなって。たまにはめかし込んで社交の場に顔を出すべきだ。博士は今や合成獣計画《プロジェ・シメリキ》に天誅《てんちゅう》を下した時の人なんだからな。見ろ、研究所の所長や公爵《デユク》からの招待状も交じっている。予算増額の絶好のチャンスだ」

テーブルに置かれた銀の盆には、手紙が山となっていた。ご主人さまがいつも玄関に立ったままチェックして、いらないとぽいしていた奴だ。

「来年の予算増額は期待できるんだから、そうあくせくしなくてもいいだろう？　大体、私は休養中だ」

「貴族のご令嬢方の間にも、今回の事件で功績を上げた博士は大変見目麗《うるわ》しく魅力的な殿方だという噂が流れてる。今ならどんな女でもよりどりみどりだ。博士もいい年なんだ、そろそろ結婚相手を捜した方がいい」

「リュリュがいるのに結婚なんてできる訳がないだろう？　そういう君が先に結婚したらいい」

とくんと心臓がひとつ撥《は》ねる。

リュリュのせいで、ご主人さま、ケッコンできないの……？

リュリュはヴァーノンに捕まらないように大回りして部屋を横切ると、ご主人さまの足に抱きついた。

リュリュ、ここから出ていった方がいいのかな……？

でも、ご主人さまから離れることを考えただけで泣きたい気分がこみ上げてくる。リュリュは唇をへの字に曲げ、ご主人さまの足に顔を押しつけた。

「どれでも好きな招待状を持っていってくれ。いい結婚相手を捕まえてくることを期待しているよ、ヴァーノン」

「恵んでもらわなくても舞踏会の招待状くらいうちにだって来てるんだよ。博士と違って貴族なんだからな」

ったく、と溜息《ためいき》をつくと、ヴァーノンはこれ見よがしにもさもさの頭を掻《か》き回した。それからふとリュリュに目を留める。

「それにしても、随分汚い格好だな、チビ猫」

リュリュは思わず首を竦《すく》めると、ご主人さまの後ろに隠れようとした。だが、そのご主人さまが両脇を挟んでリュリュを高々と持ち上げる。

「そういえば、一体どこに潜り込んできたんだ？　埃《ほこり》だらけじゃないか」

「こりゃお風呂だな、リュリュ」

ヴァーノンが唇の端を引き上げ悪漢のような笑みを浮かべるのと同時に、リュリュの尻尾がぶわっと膨らんだ。

「お……お……お風呂、や……！」

「厭《いや》でもシャンプーまでしっかりやってもらわないとなあ。ほら、髪に綿埃までついてる」

リュリュの髪の間から埃の塊が摘み上げられる。

「そういじめるな、ヴァーノン。リュリュ、もうすぐ昼飯の時間だ、さっさと済ませよう。さっぱりしたら、きっとご飯もおいしいぞ」

リュリュは足をばたつかせたが、だっこされてしまっては逃げる術《すべ》がない。

「ふぐ……」

涙目になり肩口に顔を埋めてしまったリュリュの頭を、ご主人さまが撫でてくれる。

「膨れるな、リュリュ。せっかく綺麗な色の髪をしているのに、埃だらけにしていてはもったいないだろう？」

「……きれい？」

リュリュがびっくりして顔を上げると、ご主人さまも不思議そうにリュリュの顔を覗き込んだ。

「綺麗だろう？　黒と茶が混じっていて、とても味わい深い」

「きれい……」

——ご主人さまはリュリュを綺麗だと思ってくれてる？　リュリュの髪が——好き？

リュリュは嬉しくなってしまい、赤くなった頬《ほお》を両手で押さえた。

「ごしゅじんさまも……ううん、ごしゅじんさまのほうがずっときれい」

薄水色のご主人さまの瞳は、まるで晴れわたった空みたい。いつだってリュリュは見蕩《みと》れてしまう。

「別に無理して褒めかえさなくてもいいんだがなあ」

「無理してないもん。ほんとだもん」

照れくさい気分でリュリュはご主人さまの肩口にすりすりした。

「いちゃついてないで、さっさと風呂に入ってきたらどうだ？」

どうしてだろう、ヴァーノンが悟りを開いたような顔になっている。

そうだなと頷《うなず》くと、ご主人さまはリュリュをだっこしたまま、浴室まで運んでいった。天窓から燦々《さんさん》と陽が降り注ぐ明るい浴室でリュリュを下ろし、オーバーオールと猫耳フードつきのシャツを脱がせてくれる。それからご主人さまは腕まくりをして、水が怖くてそわそわしてしまうリュリュをオレンジの香りのするボディソープでもこもこの泡まみれにした。

駄目だってわかっているのにどうしても我慢できず、ぶるぶるっとすると、泡が飛び散る。

「こら、じっとしていなければ駄目だろう、リュリュ」

めっと怒られ、リュリュはしゅんと耳をへたらせた。リュリュのせいでご主人さまは、服を着ているのに泡まみれだ。

おずおずと手を伸ばして鼻の頭についた泡の塊をとってあげると、ありがとうと言ってはくれたけれど、リュリュを許してくれる気はなかったらしい。尻尾をごしごし洗うご主人さまに、リュリュはにゃーにゃー鳴かされた。

＋　＋　＋

リュリュの背よりずっと高いけれどご主人さまよりは小さい灌木《かんぼく》に、ブルーベリーの実がびっしりと実っていた。見た目はとてもおいしそうだけれど、ピンクの実は未熟で酸っぱいし、紫の実もうんと熟れて白い粉をふいてないと甘くない。

顔を寄せて匂いを嗅いで、とびきり甘そうなブルーベリーだけを選び、リュリュは一つ一つ丁寧に収穫してゆく。

——アイスクリームをかけて食べたいな。ヨーグルトでもいい……。

あたたかい陽差しに、土の匂い。黄色い玩具《おもちゃ》のバケツを満たす熟れたブルーベリー。あんまりにも幸せで、なんだかむずむずする。

重くなったバケツを手に厨房に戻ると、コバルトブルーのエプロンをつけたご主人さまが窓辺で煙草を吸っていた。リュリュが帰ってきたのに気がつくと、まだ長い煙草を消し窓を閉める。

「あい」

差し出された黄色いバケツを、ご主人さまはひょいと持ち上げシンクに置いた。

「ありがとう、リュリュ。いっぱい採れたな」

ざるに移したブルーベリーを軽く洗うと、ご主人さまはリュリュにもお揃《そろ》いのエプロンをつけてくれる。

「じゃあ、お昼の用意をしようか、リュリュ」

「あい！」

「リュリュはラディッシュ《ラディ》&バター係だ。まず野菜を洗って」

ご主人さまが置いてくれた踏み台に上り、リュリュはうんと手を伸ばしてラディッシュを洗い始めた。この屋敷のシンクは、小さな仔猫には使いにくいほどに広くて深い。

その横でご主人さまはエシャロットをバターで炒《いた》め、ムール貝をどっさりと白ワインを足して大鍋に蓋をする。

隣のコンロでは赤い鍋がくつくつと心地よい音をたてている。昨夜も食べたポワロや葱《ねぎ》タマネギ、蕪《かぶ》がごろごろ入ったご主人さま特製スープだ。

綺麗になったラディッシュを塩とバターと共に皿に盛ると、ご主人さまは更に冷蔵庫から出来合いのローストチキンを取り出してきた。軽くあたためたバゲットにミルクとカフェ・クレームがテーブルに並べば完璧だ。

「リュリュが手伝ってくれたおかげでおいしそうだ。さあ、食べようか」

「あい」

ご主人さまと向かい合って席に着くと、リュリュは幸せな気分で食卓を眺めた。

「リュリュ、ラディッシュはバターをつけてから少しだけ塩をつけて食べるんだぞ」

「あい！」

リュリュはかりこりと根菜を齧《かじ》る。ご主人さまも次々にムール貝を平らげてゆく。

「リュリュねえ、らでぃ、好き」

大きな深皿に、残った茎の部分を戻しながらリュリュはうっとりと告白する。

「はは、そうか」

ご主人さまも同じ深皿に、ムール貝の殻を置いた。

「むーる貝も好き。にわとりさんも好き」

リュリュの前には食べやすいよう、ご主人さまが小さく切ってくれたローストチキンの皿が置いてある。

「リュリュには嫌いなものがあるのかな？」

バゲットを頰張りながら、リュリュは考える。

施設で一日に三度食べさせられたキューブが即座に頭に浮かんできた。

「固形食、きらい」

「固形食？」

一口大に分けられたぱさぱさした塊は、まるで飼料だった。成長期に必要な栄養素が完璧に配合されているらしいけれど、味なんかろくにない上、飲み物と一緒に流し込まないと喉に詰まってしまう。

「前のごしゅじんさまね、固形食しかくれなかった」

次々と食べ物を口に放り込んでいたご主人さまの手が止まり、口の中に残っているバゲットがひどくまずそうに呑《の》み下された。

「そうか」

「でも、ごしゅじんさまが食べさせてくれるの、なんでもおいしい。リュリュ、たいしょくかんになっちゃいそう」

「……そういう言葉を教えるのは、ヴァーノンか？」

ずず、と大きなスプーンからスープを啜《すす》り、リュリュはにっこりと微笑んだ。ご主人さまがテーブルの反対側から手を伸ばして、上気したほっぺたについたニンジンの欠片を取ってくれる。

料理が全部平らげられると、リュリュが収穫してきたブルーベリーにヨーグルトをかけたものが出された。酸味の弱いヨーグルトにブルーベリーの仄《ほの》かな甘みがマッチしていて、白に混ざった紫色も綺麗で、おいしい。

後片づけまですると、リュリュとご主人さまは書斎へと移動する。リュリュは端末を起動してお仕事を始めるご主人さまの足下に座り込み、貸してもらったタブレットを覗き込んだ。

書斎には大量の本や資料の間に、ブーメランや吹き矢といった工芸品が飾られていてちょっと面白い雰囲気だ。たまにお仕事が煮詰まると、虚《うつ》ろな目をしたご主人さまが、ヴァーノンが作った進行表を的に、吹き矢を吹いていたりする。

リュリュは書斎で過ごすこの時間が大好きなのだけれど、楽しい時はすぐに終わってしまう。おいしいお昼ごはんでお腹いっぱいになると、決まって睡魔に襲われてしまうせいだ。

「リュリュ。眠いなら寝台に行こう」

タブレットを抱えちんまりと座り込んだ格好のまま、こっくりこっくり船を漕《こ》ぎ始めたリュリュに気がついたご主人さまが、作業を中断して椅子を引く。

ご主人さまがこの時間だけリュリュを書斎にいさせてくれるのはこのためだ。見張っていなければ、リュリュはところかまわず、床の上や庭の芝生の上で寝入ってしまうから。

楽しい時の終わりを認めたくなくて、リュリュはいやいやと首を振る。

「リュリュ、ねむくにゃい……」

「頭が揺れているぞ。そらおいで」

ぐずるリュリュをご主人さまが抱き上げてくれる。リュリュはほとんど反射的にご主人さまの首に抱きついた。

「あったかいなあ、リュリュは」

半分夢の中にいるリュリュが耳を動かすと、顎《あご》にあたってくすぐったいのか、ご主人さまがくつくつ笑う。

ご主人さまは静かにリュリュを寝室へと運び寝台に下ろした。タオルケットをかけて、ぽんぽんとお腹を叩《たた》く。

「おやすみ、リュリュ。よい夢を」

ご主人さまが部屋を出ていったことはぼんやりと覚えている。でも、そこまで。リュリュは吸い込まれるように眠りに落ちた。


夢の中で、リュリュは前のご主人さまのシセツに戻っていた。周囲にはリュリュと同じできそこないの役立たずが大勢いるけれど、ちっとも気が休まらない。彼らが皆死んでしまっていることを、リュリュは知っているからだ。

リュリュは陰鬱《いんうつ》な顔で周囲を見回す。

――リュリュたちって、死んだ後もご主人さまに仕え続けなければならないのかな。

他のできそこないの役立たずたちは、ずらりと並んだ端末をもの凄《すご》い勢いで叩いていた。画面上を流れてゆく大量のデータを硝子玉のような目が瞬《まばた》きもせずに追っている。一文字だって見逃すまいと集中するあまり、身じろぎもしない。

まるで綺麗に並べられたお人形みたい。

自分たちが『実験体』で普通とは違う存在であることを、リュリュは施設を出てようやく知った。

リュリュたちを生み出したご主人さまたちの総称は、合成獣計画《プロジエ・シメリキ》。

ニンゲンと動物の遺伝子をつぎはぎして、都合のよい生き物を作り出すのを目的としていたらしい。

でも、新しい命を生み出すのは、神さまだけに許された御業《みわざ》。厳に禁止されていたのに、ご主人さまたちは色んなところ――企業や貴族――から資金提供を受け、地下に隠されたシセツで何年にもわたってリュリュのような子供たちを試作してきた。

獣耳と尻尾があるリュリュたちはニンゲンではない。だから、何をしてもかまわない。

酷使され壊れてしまったできそこないの役立たずが、がたんと音を立て椅子から転げ落ちる。

――あいつは廃棄だ！

ご主人さまが大声で怒鳴り、壊れてしまった子が黒い鉄の扉の中へと引きずられてゆく。

もう皆死んでいるのに、また殺そうとするなんて、酷《ひど》い。

――こいつも廃棄しろ！

周囲の惨状を眺めていたリュリュの髪を誰かが乱暴に引っ張る。引き倒され、リュリュの喉の奥から悲鳴が迸《ほとばし》った。

視界の端で炎が揺らぐ。引きずられつつも必死に顔を向けると、オーブンが火を噴いていた。汚れた覗き窓の向こうで黒いものが踊っている。

誰かがあの中で燃やされてる。

誰か？　違う。あそこにいるのはリュリュ自身だ。


「リュリュ！」

悲鳴が聞こえた。

恐怖に彩られた甲高い声。

神経がやすりで削られてゆくみたい。聞きたくないのにいつまでも絶えることなく続くこの声は、一体、誰のもの？

まだしつこく絡みつく夢に半身を囚《とら》われつつもリュリュは気がつく。

リュリュだ。

悲鳴を上げているのは、燃やされているリュリュ自身。

「大丈夫か、リュリュ」

リュリュはぱちりと目を開け、呼吸を引き攣《つ》らせた。夢は急速に色褪《いろあ》せつつあったが、呼び起こされた恐怖はいまだ鮮烈だった。ぜいぜいと喘《あえ》ぐリュリュを膝の上に抱き、ご主人さまが背中をさする。

「ゆっくり息をして。大丈夫、全部夢だ。なにも怖くない。大丈夫……」

リュリュは力一杯ご主人さまにしがみついた。胸にぐりぐり頭を擦りつけると、薄い布越しに力強い拍動が伝わってくる。

どく、どく、どく、どく……。

ん、大丈夫。怖くない。

だってリュリュがかつて暮らしていた合成獣計画のシセツはもう、なくなってしまった。ある日突然やってきた大勢の人たちによって打ち壊されたのだ。

あの頃はまだ知らなかったけれど、かつてのご主人さまたちはできそこないの役立たずを出資の見返りに譲渡していた。そのうちの一人が散々にいたぶられて我慢できなくなったらしい、主《あるじ》である貴族を殺してしまい、リュリュたちの存在は政府の知るところとなってしまった。

この国では女神を祀《まつ》る教会の力が強い。

禁忌に触れた罪人を罰するためすぐさま軍が動かされ、かつてのご主人さまたちを制圧し、白亜の塔の住人たちが粛々《しゆくしゆく》とすべてを始末していった。

資料もできそこないの役立たずたちも廃棄された。残ったのはリュリュ一人だ。

――大丈夫。何があってもきっとまたご主人さまが助けてくれる。あの死の匂いが充満したシセツから、こっそりリュリュを連れ出してくれた時のように。

徐々に気分が落ちついてくる。ご主人さまの指先が、すっかり力を失くしてしまったリュリュの耳を撫でてくれた。

「リュリュ？　一体どんな夢を見たんだ？」

「オーブンが――」

説明しようとしてリュリュは戸惑う。

あんなに怖かったのに、夢の記憶はもう朧《おぼろ》だった。

「燃えてた。まっかかに」

「そうか」

どのオーブンのことかわかったのだろう、ご主人さまが痛ましげに目を伏せる。

「もう忘れるんだ。単なる夢だよ。あのオーブンはもう存在しない」

ん。リュリュ、知ってる。

タブレットで、こっそりニュース、読んだもの。

「もう少し寝るか？　それとも絵本を読んでやろうか」

鮮やかな色彩が踊る絵本を眺めるの、好き。ご主人さまが読んでくれるとなれば、リュリュは嬉しくてきっとすぐ夢のことなんか忘れてしまうに違いない。シセツのことも、誰にも悼《いた》んでもらえなかった兄弟たちのことも。全部……全部。

どうしてだろう、そうするのは酷くいけないことのように思えた。

「も少し、寝る……」

「そうか。わかった。ああ、眠るまでつき添ってようか？」

「んーん。いい……。でも、ここじゃ、や。ご主人さまの寝台がいい」

「いいよ。おいで」

ご主人さまの寝台まで運んでもらうと、リュリュはくしゃくしゃに丸まったタオルケットを引っ張り上げた。

「なにかあったら呼びなさい。おやすみ、リュリュ」

ご主人さまはリュリュの頭を撫でると、少し考え身を屈《かが》めた。なにをするんだろうと見ていると、優しげな顔が近づいてくる。

思わず目を瞑《つむ》った次の瞬間、額《ひたい》にあったかくて柔らかいものが触れた。

「ふわ……」

リユリユ、知ってる。

これ、キスだ。

頬を紅潮させ、リユリユは目を潤ませる。

ご主人さまは微笑むと、ぽんぽんとリユリユのおなかを叩いてから部屋を出ていった。

一人きりになったリユリユは、キスされた額を両手でおそるおそる押さえてみる。

かつてのご主人さまたちは、看守に過ぎなかった。リユリユは生まれてからずっと家族などというものを知らず、今のご主人さまに出会うまで抱きしめてもらった経験すらなかった。

――リユリユ、キスされたの、初めて……。

やわこくて、あったかい。あんな夢を見たばかりなのにふわふわする。

まるで、天使に啓示を与えられた人のように。

あるいは、砂漠で死ぬ寸前に水を与えられた人のように。

リユリユはご主人さまに与えられたものに胸を震わせた。

「ごしゅじんさま……ユーリ、さま……」

ご主人さまの匂いのするタオルケットを握りしめて顔を埋める。黒紅色の瞳に強い決意を秘めて。

＋　＋　＋

「リュリュ、なにを読んでいるのかな？」

「えとね、ごしゅじんさまの！」

床に寝ころび頬杖《ほおづえ》をついてページをめくっていたリュリュが、頭を仰《の》け反《ぞ》らせてにぱっと微笑む。ひょいとリュリュの上にしゃがみ込んで誌面を一瞥《いちべつ》すると、ご主人さまは微妙な顔になった。細かい字がびっしりと印字されたそれは、ご主人さま自身の論文が掲載された学術誌だ。

「こんなの読んでもわからないだろう？」

「んーん」

リュリュはふるふると頭を振る。

「そうか。まあ、リュリュが楽しいんならいいけれど」

背中に跳ね上げてあったうさぎ耳つきフードをなにげなくリュリュの頭にかぶせ、ご主人さまが立ち上がった。論文に戻ろうとしていたリュリュの耳がフードの中でぴんと立つ。

「ごしゅじんさま、なんか、きたよ」

「うん？」

リュリュに少し遅れ、合成された女性の声が宅配便が届いたことを知らせた。

ご主人さまが荷物を改めに玄関へとぶらぶら歩いてゆく。なんとなくリュリュも両手で床を押して立ち上がり、たったかご主人さまの後をついていった。

届けられた荷物はセキュリティ・システムに受け取られ、危険物が封入されていないかスキャンの後、ご主人さまの手に渡る。どこからきた荷物か確かめたご主人さまは、玄関脇にある小さなボックスの扉を開き、一抱えほどもある包みを引っ張り出した。

その場で包装を破《やぶ》いてゆく。リュリュも端をひっぱってびりびりするお手伝いをした。

「リュリュがよく床で寝てしまうから、書斎の床に敷くラグを買ったんだよ」

かぶったフードの耳を引っ張りながら、リュリュは不思議そうに首を傾げる。

「リュリュ、猫だから床で寝てもへーき」

「でも、見ていて気になるからね。私はもう、床で寝てしまった日には軀が痛くて——お、開いた」

箱の蓋が開いた途端、羽音と共に小さな虫が飛びだしてきた。

リュリュの瞳孔が開く。あ、とご主人さまが呟《つぶや》いたのとほぼ同時に、小さな軀が弾《はじ》かれたように跳躍した。

両手でぱしっと虫を捕らえ、華麗に着地——しようとしたものの、両手が塞《ふさ》がっていたせいでバランスを崩し、ころんと一回転してしまう。

「……驚いたな。リュリュ、一体なにを捕まえたんだ？」

近づいてきたご主人さまに、リュリュは寝転がったまま手を伸ばした。ご主人さまが広げた手の上で、しっかりと合わせていた両手を離す。

折れたローターがぽろりと落ちた。掌《てのひら》には他にも細かな部品がいくつもくっついている。全部合わせても親指の先ほどの大きさしかないせいで、スキャナを擦り抜けたのだろう。

「超小型のドローンだな。スパイグッズか？　ああ、リュリュ、もう手にはなにもついていないな？」

ちっちゃな両手を目の前に翳《かざ》し、リュリュはこっくり頷く。

「そうか。よくやった、リュリュ」

「……ん……」

ご主人さまに褒められたのに、ちっとも嬉しくない。それどころか、胸の奥がざわざわする。

リュリュは眉間《みけん》に皺を寄せ、被《かぶ》っていたうさぎ耳フードを更に深く引き下ろした。

——誰かがご主人さまのことを探ろうとしている。

でも、リュリュがいる限り、ごしゅじんさまには指一本触れさせない！

凛々《りり》しく唇を引き結ぶと、リュリュはドローンの残骸を包装紙で包み込んでいるご主人さまの背中にぎゅっと抱きついた。


その夜。

ご主人さまと一緒の寝台でくうくうと寝息を立てていたリュリュの目が唐突に開いた。

すでに時刻は真夜中を過ぎ、鳥籠の向こうに透けて見えるビルの灯《あか》りもまばらになっている。

耳をピンと立て緊張した面もちのリュリュは、音もなく寝台から抜けだし部屋から出た。

ご主人さまはぐっすりと眠っている。

目覚める様子はない。

「おい、庭の照明が点《つ》けっぱなしになってるぞ」

翌朝、朝食の支度をしているところに訪ねてきたヴァーノンを、ご主人さまは怪訝《けげん》そうに見返した。もう起き出してきていたリュリュはテーブルについて足をぶらぶらさせながら、サラダ用の野菜をちぎるという大役に熱中している。

野菜の大きさは大きすぎても小さすぎてもいけない。できるだけ均一に、一口で食べられるサイズにしたら、しっかりドレッシングとあえるのが、リュリュ流だ。

「庭の照明？　点けた覚えがないが」

「リュリュの悪戯か？」

勝手に回収してきてくれた新聞をテーブルに置き、ヴァーノンが窓際の席によっこらしょと腰を下ろす。

「そういえば、昨日、通販で購入したラグの中から超小型の飛翔型ロボットがでてきた」

「は？」

一瞬呆気《あっけ》にとられた顔をしてから、ヴァーノンが猛然と怒り出した。

「なぜその場で俺に知らせない！　それはどこにあるんだ。すぐ見せろ」

「声が大きい。リュリュがびっくりするだろう？　ほら、こっちだ」

ご主人さまは作業をしていたバットの上に布巾をかけ、手を洗う。ヴァーノンと連れだって厨房を出ていったご主人さまの後を追うため、リュリュも猛然と野菜をちぎって仕事を終わらせた。

ご主人さまの行き先はきっと、セキュリティルーム。テレビがたくさんある部屋だ。

ご主人さまが金庫の中から昨日の虫をしまった封筒を取り出し、テーブルの上で逆さにする。ヴァーノンが険しい表情でバラバラになった部品《パーツ》を検分し、また封筒にしまった。

「これは俺が預かって調べておく。システムをいじらせてもらっても？」

「まかせるよ」

端末を叩いて照明が灯《とも》された時刻を調べ、監視カメラのデータを呼び出したヴァーノンは瞠目した。

鳥籠のシールドが一部破壊されている。

カメラには照明が点灯したまさにその瞬間、庭に侵入しようとした者が、発見されたと思ったのだろう、慌てて撤退してゆくさまが映っていた。

「なんで警報が鳴らなかったんだ……？」

「まさかセキュリティシステムに侵入されているんじゃないだろうな」

様々なウィンドウが開き、呪文めいた文字が流れ始める。リュリュはそわそわしながらご主人さまのエプロンの裾を引っ張った。

「ごしゅじんさま？　呼んでるよ。ぴよぴよ、ぴよぴよ、できましたって」

「ああ、タイマーか。浸潤時間が終わったんだ。これがすんだら、フレンチトーストを焼いてあげよう。だから、ちょっと待っていてくれないか、リュリュ」

「仔猫ちゃんは腹が減ってんだろ？　作業は俺一人で十分だから、博士は朝食をすませてしまうといい」

　ぞんざいに片手を振ったヴァーノンの厚意に甘え、ご主人さまがリュリュを抱き上げセキュリティルームを出る。フレンチトーストはもう焼くだけ。厨房に戻ったご主人さまが甘いミルクと卵液に漬け込んだパンをフライパンに載せると、たまらない匂いが広がった。リュリュのお腹がくうくう鳴りだす。

　リュリュにはミルク、大人用には珈琲《カフェ・アロンジエ》の用意ができたところで、ヴァーノンが戻ってきた。

「おかしいと思ったら、アラームが切ってあった」

「……ええ？」

「生きてるのも音量が最小になっていた。心当たりは――ないんだな？」

　ミルクを舐《な》めていたリュリュが固まる。

「あるわけがない。もしかして、最初から切ってあったんじゃないのか？」

「いや、入居した時、確認したが入っていた。そうだ、こういうのは定期的にメンテが入そういえば半年くらい前に作業員が来てたな。

「その時には、なにも言われなかったのか？　じゃあ、その作業員が犯人かもしれないな。連絡先はわかるか」

「ちょっと待ってくれ」

調べようと腰を上げかけたご主人さまのエプロンを、リュリュが俯《うつむ》いたまま引っ張った。

「どうした、リュリュ。お腹が減ったのか？　先に食べてるか？」

ご主人さまが頭を撫でてくれるが、リュリュは顔を上げられない。

「あのね、リュリュが、した」

「なにをだ？」

ご主人さまがしゃがみ込んでリュリュと視線を合わせる。澄んだ青い瞳を正視できなくて、リュリュはきょときょとと視線をさまよわせた。

「めざましの後ろについてたのと、居間のつぼの後ろについてたのと、書斎のブーメランの後ろについてたの。リュリュがぴってした」

「おま……っ、なんでアラームの位置知ってんだよ」

ヴァーノンの額に青筋が浮く。

ご主人さまも驚いたようだ。

「リュリュが止めたの？」

「だって、ごしゅじんさまがおっきしちゃうと思って」

ヴァーノンにいきなり持ち上げられ、リュリュは小さな軀を更に小さく縮めた。

「ふざけんな！　やっていいことと悪いことがあるだろーが！　おまえのくだらない悪戯のせいで取り返しのつかないことになったらどうすんだ！」

がくがくと揺さぶられ、リュリュの首が前後に揺れる。

「ヴァーノン！　乱暴はやめるんだ！」

「んなこと言ってる場合じゃないだろ！　こいつはおまえに助けられた恩も忘れて――」

「わすれて、ないっ」

だらんと尻尾を垂らしたリュリュは、目に涙をいっぱいためていた。

「わすれて、ないもん！」

リュリュの目から光が消える。忘れたつもりでいた言葉はかつてと同じようにすらすらと口から出てきた。

「ごしゅじんさまは３０７号に食べ物と寝床を与え、養ってくれてる。だから３０７号はごしゅじんさまに心から感謝し、学び、仕えるのっ」

感謝し、仕えろ。

前のご主人さまたちはいつもリュリュたちにそう命じ、復唱させた。

リュリュたちはそのために生まれたから。ご主人さまのためならば、死すら厭うてはいけないのだ。

リュリュは最初から自分が、ご主人さまやヴァーノンと対等な関係になどないことを知っている。

「307号……リュリュは、ちゃんと、わかってる。でも、警報が当局にいったらリュリュがいることが知れて、ご主人さまが困るんでしょ……？」

「なんだそれは」

どこか虚ろなリュリュの顔を目の当たりにしてしまったヴァーノンが、ぞっとしたようにリュリュの軀を遠ざけた。

「ヴァーノン、もういい！」

太く逞《たくま》しい腕からご主人さまが無理矢理リュリュを奪い返し、抱きしめてくれる。

「リュリュも、もうそういうことを言ってはいけないよ。私はリュリュに仕えてもらうためにここに置いているんじゃない。ただ傍《そば》にいて欲しいから連れてきたんだからね」

──それって婉曲《えんきょく》に、リュリュはなにもしない方がよかったってゆってるのかな。

リュリュの黒紅色の瞳がぱちぱちと瞬いた。ニンゲンと変わりなかった瞳孔が糸のように細くなる。

「ごめんなさい……ごしゅじんさま……、余計なことして、ごめんなさい……」

「違うよ、リユリユ」

膚《はだ》をあたたかな吐息が掠《かす》めた。

「君はできそこないの役立たずなんかじゃない。私の家族だ。家族を養うのは当たり前のことだろう？　リユリユはもっと、肩の力を抜いていいんだ」

額にあたたかく、柔らかなものを感じる。

リユリユの青白かった顔にほわりと血の色が差した。

——また、キス。

リユリユは手でそっと額を撫でる。その手の上にもご主人さまはキスをしてくれた。

「ほっぺたが真っ赤だよ、リユリユ」

「だって、だって、ごしゅじんさまが……」

ご主人さまが目を細め、微笑む。

「キスされるの、厭だった？」

「ううんっ、すき！　だいすき！！」

「そうか、じゃあもっとしてあげようか」

「うん……っ。でもあの、あのね？　くちびるにして……？」

リユリユは知っている。唇にするのは、一番大事なヒトにする、特別なキスだって。

「……おいこら、マセガキ」

ヴァーノンが悪態をついたが、ご主人さまは綺麗に黙殺した。

「本当に唇にしていいのかい？　可愛《かわい》い私のリュリュ？」

「んっ」

ご主人さまは望み通り、唇の上にちゅっとキスをしてくれた。

「落ち着いた？」

「ん……」

「じゃあ約束しなさい。もう勝手に家のものをいじらないって。なにかしたら、必ず私に報告するって」

「…………………ん」

考えるような間を空け、リュリュはこっくりと頷いた。

「じゃあ、朝ご飯にしよう。フレンチトースト、好きだろう？」

「ん！」

ご主人さまがリュリュを抱き上げて椅子に座らせてくれる。ご主人さまとヴァーノンも席についた。すっかりぬるくなったミルクで、フレンチトーストを食べ始める。

フレンチトーストは、甘くてしっとりしてて、幸せな味がした。

食事が終わると、リュリュはダイニングテーブルから見える位置にある居間のソファに移動して、ご主人さまのタブレットをいじり始める。大人二人組は改めて熱いエスプレッソを淹れ、真面目な顔で難しい話を始めた。

リュリュは何食わぬ顔で聞き耳を立てる。

ご主人さまもヴァーノンも、会話が居間にいるリュリュに聞こえているとは思っていない。

でも、もし聞こえたとしても、話の内容など理解できるわけがないと思っている。

でも、リュリュは既にご主人さまの端末とタブレットを駆使して、関連する資料のほとんどに目を通していた。おそらくは機密とされている情報にもだ。

——あのぶんぶん、厭なにおいがした……。

絡みつく、悪意の匂い。

「やっぱり、合成獣計画の奴らの仕業だろうな。網から漏《も》れた奴がいたんだろう」

デザートのショコラを摘みながら、ヴァーノンが断じる。でも、ご主人さまはその説には懐疑的だった。

「どうも腑《ふ》に落ちないな。合成獣計画から奪った資料は全て研究室に送ってしまったし、ここにはなにもないのに」

「博士、自分がどれだけあいつらの恨みを買ったかわかってるか？　そうでなければ、感づいたんだ。リュリュがここにいるってな。リュリュはあいつらにとっては唯一残された成功作だ。所在が確認されたなら取り戻そうとするだろう」

リュリュはひくりと肩を揺らしたものの、なにも聞いてなどいませんという顔でタブレットをいじり続けた。

——連れ戻される？　前のご主人さまたちのところへ？　そんなの——絶対に、や。

「しかし——どうすればいいのかな？　リュリュの言うとおり、リュリュがここにいることは誰にも知られるわけにはいかない。当局の協力を仰《あお》ぐのはまずい」

「警備を強化してもらうことはできるだろう？　シールドの穴と監視カメラの映像を見せれば未遂だとわかるんだから中の捜索をする必要などない。博士の立場を考えれば、多少は融通が利くはずだ。見回りを強化するよう、俺の方からも要請しておく」

「悪いな」

「そう思うなら舞踏会に出て、他にも貴族の味方を作っておいてくれ。貴族には、庶民には決して持てない力がある。本当は貴族の娘と結婚してくれれば一番いいんだが」

リュリュの眉間に皺が寄る。

——結婚。

身の裡《うち》がざわめき始めた。

ごしゅじんさまが、他の誰かのものになってしまう……？

——仕方ないよね。ご主人さまはニンゲンだもの。できそこないの役立たずなリュリュだけのものでいてくれるわけがない。

リュリュは猫耳フードを引っ張って、顔を隠した。

へーき。

ご主人さまはいっぱいよくしてくれたもの。リュリュはただ感謝し、学んで、ご主人さまがくれた命が壊れちゃうまで精一杯仕えるだけ。

タブレットがぴこんとコミカルな音を立てる。

ヴァーノンがちらりとリュリュを見遣った。

「気楽なもんだな。博士が危険な橋を渡っているというのに、ゲームなんかして」

「ヴァーノン！」

いつも穏やかなご主人さまの尖った声に、ヴァーノンがびくりと肩を揺らした。

「なんだよ」

「あの子がどんな目に遭ってきたのかも知らないのに、そういうことを言うのはやめて欲しい」

「報告書にはちゃんと目を通している」

「だが、君は施設の襲撃に参加していないだろう?」

ご主人さまの空色の瞳が遠くを見つめた。リュリュもぶるっと身震いする。

施設の襲撃。

短い言葉がリュリュの中に眠る厭な記憶を呼び起こす。

「あそこにいた子供たちは不気味なほど静かだったよ。大勢いるのに一言も喋《しゃべ》らないんだ。

犬や猫、それからうさぎか？　姿はそれぞれ違うのに、どの子もびっくりするほど綺麗な顔をしていた。容姿まで吟味《ぎんみ》して素体を選んだんだろうな。あの子たちをどういう風に利用するつもりだったのか、想像するとぞっとする」

　ご主人さまの指が神経質に唇を擦る。

「リュリュは私が見つけた時、一人だけオーブンの中にいた」

「オーブン？」

「なにかの罰を受けていたらしい。私がリュリュに気づいたのは、匂いがしたからだ。古いオーブンの扉の下から漏れ出た吐瀉《としゃ》物の匂いが」

　ぱき、と小さな音がした。

　ご主人さまのタブレットにひびを入れてしまったことに気がつき、リュリュは慌ててテーブルの上に置いた。代わりにクッションを抱きしめ、顎を埋める。

——あの時、リュリュは気も狂わんばかりに怯《おび》えていた。

　オーブンの中は厭な匂いがした。

——ご主人さまたちが本当に怒ると、スイッチを入れられちゃうんだって。

　その噂を教えてくれたのは、一体誰だったろう。本気にするなんて馬鹿だと嗤《わら》う子もいたけれど、リュリュは信じた。

　だってこの匂い。

オーブンの中にこびりついている、髪の毛と、脂と、化学繊維を焼いた後のような、この胸が悪くなる匂いは――。

「一体どれだけの間閉じこめられていたのかは知らないが、気分が悪くなったんだろう、リュリュはオーブンの中で吐いてしまっていた。息が詰まりそうなくらい酷い匂いが立ち籠《こ》めていたのに、この子はオーブンの扉を開けようともしなかった」

だって、勝手に外に出たら、もっとご主人さまたちに怒られる。

銃声も悲鳴も聞こえていたけれど、リュリュは声を殺してぐすぐす泣きながらじっと我慢していた。それでも、オーブンの扉を開けられた時には悲鳴を上げてしまったけれど。

「粗相してごめんなさい。どうしても我慢できなかったんです。お願い、廃棄しないで。お願い。――私がオーブンを開けた時、リュリュが言った言葉だ。涙で顔をぐちゃぐちゃにしたリュリュは、オーブンの奥で文字通り震えていた」

淡々としたご主人さまの声に、あの時の痛みがまざまざと呼び起こされる。

だって、絶対許されないと思ったのだ。いくら厭な匂いがするからって、吐いてしまうなんて。

「ニンゲンに逆らえば殺される。実験体たちはそう叩き込まれていた。だから薄気味悪いほどおとなしく、従順だった。最後まで誰一人抵抗することなく処分された。そうなるまで一体どんな経験をしてきたのか、想像するとぞっとする。皆、まだごく幼かったのに

――」


こっそりご主人さまの秘密のメモを読んだリュリュは知っている。

既に全て殺処分すべしという結論が下っていたにもかかわらず、ご主人さまは葛藤《かっとう》した。リュリュたちを憐《あわ》れみ、どうにかして救えないかと手を尽くしてくれた。

でも、リュリュの兄弟たちは魅力的すぎた。リュリュたちは美しく、おそらくは素晴らしい能力を持っている。そして、ニンゲンではないから人権がない。――どんな目に遭わせても罰せられない。

なんて都合のいい存在。

すでに貴族や軍から彼らを払い下げて欲しいという声があがっていた。

でも、リュリュの兄弟たちはアダムとイヴを堕落させた林檎《りんご》。一度食べてしまえば、きっともっと欲しくなる。禍根《かこん》を残すべきではない。

だからご主人さまは彼らの要求を断固として退け、できそこないの役立たずに慈悲深い死を与えた。そのせいでご主人さまは血も涙もない冷血漢だと非難されたりもしたけれど、リュリュはご主人さまが、女神さまにすら見捨てられた子供たちのために苦悩したのを知っている。

「リュリュは誰よりも理解している。自分はニンゲンとは違うのだということを。――

307号というのは、施設でのあの子の名だ。リュリュという名は私がつけたんだ。資料と一緒にトランクに詰めて連れ出す時、静かにと頼んだら、リュリュは本当に死んだように静かにしてくれたよ。こんなにも小さいのに恩返しするつもりなんだろう、あの子はいつも私をご主人さまと呼んで、なんでもしようとしてくれる。これまで受けてきた仕打ちが、あの子にそうさせているんだ。馬鹿な子供に見えるかもしれないが、あの子は気楽なんかじゃない」

リュリュは泣きそうになってしまった。

ご主人さまはわかってくれていた。リュリュのなにもかもを。

——ごしゅじんさま、大好き。

前のご主人さまたちにそう教育されたからではない、リュリュは心からご主人さまに感謝し、持ちうる能力の全てを費やし仕えたいと願う。

——リュリュ、ご主人さまのためならなんだってする。

「お涙ちょうだい的な話は苦手なんだよなー」

観念したかのように肩から力を抜いたヴァーノンが、エスプレッソを飲み干した。

「まあ、博士の家に仔猫ちゃんがいるのを見た時から、面倒なことになるだろうとは思っていた」

「この子だけは守ってやりたいんだ。他の子の分も幸せな子供時代を送らせてやりたい」

切々と訴えるご主人さまに、ヴァーノンが苦笑する。

「可愛い私のリュリュだもんなあ」

「う……」

リュリュも思わずぴんと尻尾を立てる。

そだ。さっきご主人さまは、そうリュリュに言ってくれた！

思い出したら、急に顔が熱くなってきてしまい、リュリュはクッションを抱えたままもだもだした。

「じゃあ、リュリュはしばらく俺の屋敷で預かろう。トランクに入れて連れ出せるなら、話も早い」

「そうしてくれると助かるよ。ところで、セキュリティシステムに他に問題はなかったと言っていたね？」

「ああ。だが、稼働している監視カメラの数は限られているからな、誰が照明のスイッチを入れたのかはわからない。屋敷に誰かが出入りした形跡もないし、博士が寝ぼけてつけたんじゃないのか？」

「あんなにタイミングよく？」

「ああ、だって博士でないとしたら――」

示し合わせたわけでもないのに二人が同時にリュリュを見た。じいっと見つめられてむずむずしたけれど、リュリュは自分で自分の尻尾にじゃれて、知らん顔をし続ける。

「まさか……な」

「そんなことがあの子にできるわけないだろう」

ははは、とご主人さまとヴァーノンが声を上げて笑い合う。

「リュリュ」

ご主人さまがカップを持ったまま移動してきて、リュリュの前に膝を突いた。

「なあに、ごしゅじんさま？」

「お出かけしようか、リュリュ」

細い首がこてんと倒れた。

「お出かけ？　リュリュ、見られたら、いけないいんでしょう？」

ご主人さまがリュリュの隣に座る。白いムートンが敷かれたソファは触り心地がよくて、リュリュの一番のお気に入りの場所だ。

「そうだが、ヴァーノンの家だ。なんの心配もない」

「リュリュ、行かない」

ヴァーノンが顔をしかめた。

「わがまま言ってんじゃねーぞ、ちび猫」

リュリュはご主人さまに身を寄せ、シャツを握りしめる。

「や！　リュリュ、ごしゅじんさまと一緒にいるっ！」

フーと威嚇《いかく》すると、ヴァーノンはリュリュでなくご主人さまに死んだような目を向けた。

「博士、緩んだ顔している場合じゃないと思うんだが」

「ああ、すまない。つい、リュリュが可愛くて」

テーブルにカップが置かれる。

「リュリュ、おまえのためなんだ。いやだっつっても連れていくからな」

捕まえようとする両手を、リュリュはぺしっと振り払った。

「いって……っ!」

反撃を待たず、ぴょんとソファの背もたれを越える。

「リュリュ……?」

「信じられねえ! 見ろよ、この引っかき傷!」

ヴァーノンがわめいているのを背中で聞きながら、リュリュは廊下の奥へと逃げだした。

毎日探索を続けてきたのだ。リュリュはいくつもヴァーノンたちに見つかりそうにない隠れ場所を知っている。

その夜遅く、己をしつこく探し続けていたヴァーノンが帰宅した気配に、リュリュはようやく隠れていた場所から這いだした。

そうっと厨房を覗き込み、ご主人さまの様子を窺《うかが》う。

――ごしゅじんさま、怒ってる？

リュリュの耳がしおしおと倒れた。

――でも、リュリュ、ごしゅじんさまの傍を離れたら、だめなの。

低い天井。無機質な白い光に支配された世界。リュリュは新しいご主人さまに連れ出されるまで、お陽さまを見たこともなかった。

新しいご主人さま――ユーリ、さま。

ご主人さまはリュリュのために様々な危険を冒してくれた。他の子たちが処分されたのは残念だったけれど、無理を通そうとすればリュリュのみならずご主人さまもまずい立場に追いやられたであろうことを、リュリュはちゃんと理解している。

リュリュたちみたいのをもう生み出さないようにしてくれれば、それで充分。

ごしゅじんさま、大好き。

現在のリュリュにとって、ご主人さまはすべてに等しい。でも、ご主人さまはニンゲンだからかちょっと鈍くて、近づく敵に気づけない。

リュリュには鋭い嗅覚と聴覚がある。それにニンゲンとは比較にならないほど勘が鋭い。

――リュリュがご主人さまを守るの。

こっそり厨房を覗いている黒紅色の目に気がついたご主人さまが微笑んだ。

「リュリュ？　一体どこに隠れていたんだ？　こっちにおいで」

優しく声をかけられ、リュリュの尻尾がぶわっと膨らむ。

わざと悪いことをしたのは初めてだった。ひっかかれたヴァーノンは痛かったに違いない。

ご主人さまに叱《しか》られたことはないけれど、やっぱり傍に行くのが怖くて、リュリュは何度も大きく深呼吸して、勇気を掻き集める。

「ごしゅじんさま、ごめんなさい……！」

思い切ってとててててと駆けてゆきデニムに包まれた足に抱きつくと、ご主人さまがひょいと抱き上げてくれた。

「はは、おっきなおめめをうるうるさせて……」

かつて皆が変な色だと笑った斑色の髪をご主人さまが梳いてくれる。

「探しても探してもいないから、外に行ってしまったんじゃないかと心配したんだぞ」

「リュリュ、お外には出ないよ？　この鳥籠の中だけがリュリュのいていい場所。リュリュ、ちゃんと知ってる」

「そうか……。そうだな。リュリュは頭がいいから、ちゃんとわかっているんだな。いけないことをしたっていうのも、わかってるな?」

こつんと額と額が押し当てられ、リュリュは一センチも離れていない距離にある空色の瞳に見蕩れた。

「あい。ごめんなさい。でもリュリュ、ヴァーノンのおうちに行くのは、や」

「そこは折れる気がないのか。……もしどうしても行けって言ったら、私も引っかかれるのかな?」

リュリュはぱちぱちと瞬いた。

そんなこと、しない。

「ううん。でもリュリュ、絶対戻ってくる」

「誰かに見つかったら、廃棄されてしまうかもしれないのにか?」

「じゃあ、耳と尻尾を切る。そうすれば、リュリュ、ニンゲンじゃないってわかんないもん」

きっととても痛いだろうけれど、それくらいへーき。

ご主人さまがまるで自分が痛い目に遭わされたかのように、顔をしかめた。

「そんなことをしたらだめだ」

抱きしめられ、リュリュの顔がふにゃんと蕩《とろ》ける。

幸せすぎて胸がきゅうっと苦しくなった。

「ごしゅじんさま、大好き」

いつまでもこのままでいられたらいいのに。

リュリュは願う。

それだけを、強く。強く。

＋　＋　＋

「おう、チビ猫。この間はやってくれたじゃないか」

数日後、屋敷に現れたヴァーノンは手に包帯を巻いていた。

「ごめんなさい、ヴァーノン」

リュリュはぺこりと頭を下げ、謝意を示す。

「ちゃんと謝れるとは結構だが、なんだこの距離は」

ヴァーノンが部屋の入り口から近づくにつれ、リュリュはじりじりと後退していた。

「だってヴァーノン、ごしゅじんさまと違っていじわる」

なにかされてはかなわないと、リュリュはいつでも走りだせるように尻尾をゆらゆらさせ、注意深く距離を保とうとする。

「おまっ、人のことひっかいておいてよくそんなことが言えるな！」

「ヴァーノンがリュリュを拉致しようとしたのがいけないんだもん」

「拉致って……。変な知恵つけやがって、可愛くないなあ」

「……そんなの、知ってる」

リュリュの毛並みは斑だ。真っ白い子みたいに可愛くない。

「リュリュ……？」

ヴァーノンが訝《いぶか》しげな顔をした時、ご主人さまが現れた。

「わざわざ来てもらって悪いな、ヴァーノン」

ヴァーノンは返事をする代わりに口笛を吹いた。

リュリュもびっくりしてご主人さまの姿を見上げる。

いつも楽な服装をしているご主人さまが、燕尾服《えんびふく》を身につけていた。ボールド・ウイング・カラーのシャツにホワイトタイ。長い灰色の髪は綺麗にくしけずられ、リボンで一つに結ばれている。

「ごしゅじんさま、きらきらしてる……」

上品なトワレの匂いに、鼻がひくひくした。

「悪くないな。博士、これが招待状だ」

ヴァーノンが封筒をご主人さまの胸ポケットに押し込む。

「どこいくの？」

着飾ったご主人さまは眩《まぶ》しいくらいに素敵だ。それなのに――いや、だからだろうか、得体の知れない不安がリュリュの中にむくむくと湧きあがる。

「ちょっと舞踏会に行ってくるよ。その間、ヴァーノンが一緒にいてくれる。いい子でお留守番できるね？」

手袋をした手でするりと頬を撫でられ、リュリュはぎこちなく頷いた。

「う……うん……」

舞踏会？

もしかして、お嫁さんを捜しにゆくの？

「どうした、リュリュ」

リュリュが眉尻《まゆじり》を下げると、気がついたご主人さまがしゃがみこんで目線を合わせようとする。だが、ヴァーノンがそうはさせじとご主人さまの腕を引っ張った。

「じゃれてる暇はないぞ。車がきたようだ。気合い入れて行ってこい」

「ああ」

ご主人さまが頷くと、ヴァーノンが先に玄関ホールへと歩き始める。

ん……？

奇妙な気配に、リュリュは顔を仰向けすんすんと空気の匂いを嗅いだ。

音が、ない。いつもかすかに聞こえていた雑音——地鳴りに似た機械の作動音が消えている。

「それじゃあ、行ってくるからリュリュ——」

ご主人さまが頭を撫でようと手を伸ばす。優しい指の感触を享受していたかったけれど、リュリュはご主人さまの手の下をかいくぐり走り出した。両手でウサギ耳つきフードを引っ張って頭にかぶせながら、ヴァーノンを追う。

「あけちゃ、だめ！」

「リュリュ？」

ヴァーノンはもう、セキュリティを解除してしまっていた。

リュリュは思いきり地面を蹴った。開きつつある扉の前に立っていたヴァーノンの頭に横から飛びつく。

「こらチビ……っ、なにす……っ」

ヴァーノンは大きいけれど、リュリュは小さい。でも、軀ごとぶつかってゆけば、それなりの威力は出る。

全てがひどくゆっくり感じられた。

勢いに負けたヴァーノンがリュリュを罵《ののし》りながらカーペットの上に倒れてゆく。

籠もった音が二つ、続けざまに聞こえた。

玄関の奥の壁に弾痕が刻まれる。

お客さまがいきなり発砲したのだ。

「リュリュ……っ！」

きらきらのご主人さまが蒼褪《あおざ》めた顔で叫ぶ。お客さまだと思われた男がご主人さまへと顔を向けた。

——ヴァーノンを見た時と空気が違う。お客さまにご主人さまを殺す気は、ない。

倒れた衝撃でヴァーノンの頭から振り落とされ、リュリュはころんとカーペットの上を転がった。でも、すぐさま起き上がって反転し、もう一度床を蹴る。

今度は銃を持った客の手を狙って。

消音器《サイレンサー》が壊れたのだろう、もう一度、今度ははっきりとした銃声が響いた。

でも今度傷つけられたのは床。ご主人さまもヴァーノンも大丈夫だ。

リュリュはうんとおっきく口を開けて、お客さまの手に噛みつく。お客さまはリュリュを振り回したけれど、離さない。

そのうち小さな呻《うめ》き声と共にお客さまが銃を取り落とした。

リュリュはくるんと空中で一回転すると綺麗に地面に着地し、噛みちぎった指を床に吐き出す。

「ヴァーノン、きて！」

指を失った男がもう一方の手で傷つけられた場所を押さえ呻いている隙に、リュリュは銃を拾い、ヴァーノンの手を引いて走り出した。ご主人さまに背を向けて。

本当はご主人さまの傍にいたかったけど、仕方がない。リュリュが助けてあげなければ、ヴァーノンは死んでしまう。

——ヴァーノンが死んだら、きっとご主人さまが哀《かな》しむ。

思った通り、警報は鳴らなかった。電源が切られたのだろう。扉もすべてロックが解除されている。

リュリュは走りながら忙しく耳を動かし、背後の状況を探った。お客さまは他に四人。うち一人がリュリュたちを追いかけてきている。

「おい、リュリュ！　今の、なんだ！」

はあはあ喘ぎながら質問するヴァーノンに、唇が尖《とが》った。

ヴァーノンって、とってものんき。今はお喋りしている暇なんてないのに。

「ヴァーノン、こっち」

「あ？　リネン室……？」

以前見つけたひみつのどうくつの入り口に、リュリュはヴァーノンを連れて行った。

白い布がたくさん並んでいる部屋に入って、引き戸が開かないようにその辺のものを挟み、格子を外す。

「ね、ここ」

「ええ⁉　ここに入るのか」

「はやく」

大きな音を立てて扉が揺れる。ヴァーノンは急いでリュリュが教えた隠れ場所に潜り込んだ。

ヴァーノンの姿が見えなくなった直後、扉が蹴破られ、お客さまが押し入ってくる。床に投げ出された格子を目にしたお客さまはにんまりと笑んで屈み込み、ダクトの中を覗き込もうとした。

その側頭部に、ヴァーノンが銃を突きつけるのを見て、リュリュは目を閉じる。

鈍い銃声が響いた。

リュリュがヴァーノンを隠したのは、左右に設置された棚の下。これ見よがしに蓋を開けられたダクトの中じゃない。

んしょ、と隠れていた一番上の棚から飛び降り、リュリュは廊下に出る。

「リュリュ、ごしゅじんさまのとこ行ってくる」

「待て、俺も一緒に行く……！」

足の遅いヴァーノンを待ってなんかいられない。

リュリュは、ヴァーノンを置き去りにして走り始めた。走りながら両手でしっかりフードを押さえ、ちゃんと耳が隠れているか確かめる。うっかり監視カメラにうつっても大丈夫なように。

怒鳴りあう声がセキュリティルームの方から聞こえた。

――ごしゅじんさまだ……！

途中で書斎に寄った以外は全速力で、リュリュはご主人さまのもとに駆けつける。

――いた！

扉を開いたまま、ご主人さまが銃を構えている。時々撃っているようだが、当たっている様子はない。それでも無事でいられたのは、お客さまたちがご主人さまを傷つけまいと努力しているからだ。

――間に合った……！

セキュリティルームの反対側、ご主人さまを襲う男たちの後ろから、リュリュはただでさえ大きな目をまん丸に見開き、抜き足差し足距離を詰めた。

「ん……っ」

ある程度距離を詰めると、右腕を思い切り引き、持っていたものを投擲《とうてき》する。それは回転しながら飛んでゆき、男の一人に激突した。

「……うっ！」

血が飛び散り、飛んでいったものが壁に突き刺さる。

ずっと書斎の壁に飾ってあったブーメランだ。これで遊ぶの楽しかったのに、壊れたりしたら厭だなあとリュリュは頭の隅で思う。

「貴様……っ！」

残る二人のお客さまが迎撃しようと振り返ったのと同時に、リュリュは軀を跳ね上げた。更に壁を蹴って、驚いている二人の射線から逃れる。

「んしょ……！」

天井近くでくるんと一回転すると、リュリュはお客さまへと飛びかかった。

手の中にあるのは、ご主人さまの吹き矢だ。

もちろん毒矢なんかないし、普通の矢を吹いたところで大した効果はないだろう。でも、ほど良い長さと強度のある吹き矢はそれだけで武器になる。端と端に手を添えて喉を狙って突けば、まだ力の弱いリュリュでも充分敵を無力化できるはずだ。

——ごしゅじんさまは、わたさない……！

厭な手応えと共に、苦しげな呻き声が生じた。

重力に従って床に落ちると、リュリュは膝をバネのように使って鞠《まり》のように跳ね、次の獲物へと襲いかかる。

————あっ。

この男で最後なのに、今度はうまくいかなかった。

男の拳《こぶし》が横っ腹に食い込み、壁へと叩きつけられる。

一瞬、息が詰まった。

どさりと無様に床に落ちてしまったリュリュに、銃が突きつけられる。

「けふんっ……けふ……っ」

リュリュはぼんやりとお客さまの顔を見上げた。

シセツでいっぱい訓練したのに、どう動くべきか、全然頭に浮かんでこない。

今度こそ、お終い？

そう思ったら、急に軀が重くなって動けなくなってしまった。

さっきまで何も感じなかったのに、殴られた場所が痛い。ずきずき脈打ち、熱を持っているようだ。

……死にたくないけど、そんなこと言うのは、きっとぜいたく。

他の子たちは皆死んでしまったのだし、リュリュはご主人さまに助けてもらって毎日毎日とっても楽しかったのだし。

ああ、でも、もう一回、ごしゅじんさまにちゅうして欲しかったなあ……。

「にああ……」

細い声で鳴いた瞬間、銃声が響いた。

リュリュは何がなにやらわからないまま、男が崩れ落ちてゆくさまを眺める。

気がつくと、置いてきたはずのヴァーノンが傍にしゃがみこんでいた。

「おい、大丈夫か、チビ猫」

自分の軀のことなのに、よくわからない。

心が麻痺《まひ》してしまったみたい。なにも感じない。

「リュリュ……！」

くったりと転がったままでいると、ご主人さまが抱き上げてくれた。燕尾服を着たご主人さまはやっぱりすごくかっこいい。

だいじょうぶ、と言おうとしたけれど、声が出ない。せっかくの綺麗な服を汚しては悪いから離れなきゃと思うのに、まるで腕に力が入らなくて。

——リュリュ、すごく疲れちゃったみたい……。

「いっぱい頑張ってくれたからな。後は私たちでなんとかする。リュリュはゆっくり休むといい」

ご主人さまが頭をなでなでしてくれる。その後のことをリュリュは知らない。

+　+　+

リュリュはカーテンの陰から外を覗き、ご主人さまの帰りを待っていた。既に犯人の死体は引き渡され、ヴァーノンと役人が玄関の前でやはりご主人さまを待っている。

糸が切れたように眠り込んでしまった後、ご主人さまが予備の燕尾服に着替えて舞踏会に出掛けていったと聞き、リュリュはびっくりしてしまった。

舞踏会にゆくの、やだったんじゃないの？

そんなにお嫁さんが欲しかった？

胸の奥が厭な感じにちりちりする。

どうしてこんな気持ちになっちゃうのかな。

リュリュにはさっぱりわからない。

やがて、黒塗りのクラシカルな高級車が屋敷の前に横づけされ、ご主人さまが降りてきた。疲れているだろうご主人さまに、黒の制服を身に纏《まと》った役人が足早に歩み寄ってゆく。

「失礼、ユーリ・リアン博士ですね」

「ええ」

ご主人さまが頷くと、役人は身分証を見せて高圧的に迫った。

「私、こういう者です。邸内を捜索する許可をいただきたい」

「ああ、申しわけありませんが、それはできません。私の邸自体、国家的な機密事項に類する」

「しかし……！」

「彼らは引き渡したんだろう、ヴァーノン？」

いつの間にか傍に来ていたヴァーノンが、うんざりした顔で頷いた。

「ああ。だがこいつが納得しようとしないんだよ」

「国家機密が関わるなら、なおさら綿密に捜査するべきでしょう。正当防衛だとしても、事実関係は正確に把握されねばなりません。犯人の指を食いちぎった人物は、歯形を見るにずいぶん小さな方のようですが――」

言い募る男のきんきん声が耳に突き刺さる。

ご主人さまが困ったように背後を振り返ると、小さな音を立てて車の反対側のドアが開いた。中から現れた人物を目にした男の言葉が途切れる。

「仕事熱心なのは感心だが、博士の指示に従いなさい」

「ヴィラール公爵《ル・デュク・ド・ヴィラール》……！」

車から出てきた男はご主人さまと同じように正装していた。もうおじいちゃんだけどとても姿勢がよくて、目つきが鋭い。

役人が苦虫を噛み潰したような顔で、頭を下げる。

ご主人さまはもう役人を顧みようとしなかった。

「申し訳ありません、公爵。こんなことでお手を煩わせて」

「構わんよ」

「本当なら屋敷に寄っていただきたいところなのですが」

「まだ片づいていないのだろう？　気にするな。君にはあの異端者どもを全て叩き潰してもらわねばならんのだからな。人が神の領域に手を出してはならない。これは絶対普遍の真理だ。そのためならいくらでも手を貸そう」

「ありがとうございます」

「君たちもくだらないことで博士を煩わすんじゃないぞ」

おじいちゃんは、役人につき纏われて困っているご主人さまを助けにきたみたいだった。それだけ言うとまた車の中に引っ込み、帰ってゆく。役人たちも警護に残る数人以外は撤収していった。

リュリュは玄関へと急いで走ってゆくと、ご主人さまが家の中に入ってくるのをじりじりして待った。扉が閉まるのを待ってから、飛びついてぎゅーっとする。

「おかえりなさい、ごしゅじんさま」

「ああ、リュリュ、目が覚めたのか」

リュリュを抱き留めると、ご主人さまは無造作にリボンを解いた。灰色の長い髪が燕尾服の肩にさらりと流れる。

「怪我《けが》の具合は？」

「打ち身だけだな。骨折はなし。なにも心配はいらない」

ヴァーノンが代わりに報告してくれる間も、リュリュはご主人さまの匂いをすんすん嗅いだり、すりすりしたり、甘えるのに余念がない。

鹿革の白手袋を外すと、ご主人さまはリュリュを抱き上げてくれた。

「おいで。少し話をしよう」

靴音が、静まり帰った屋敷の中にこだまする。まだセキュリティシステムの電力が復活していないせいで、とても静かだ。

無傷だった居間のソファに、ご主人さまはリュリュをだっこしたまま座った。真面目な顔で礼を言う。

「助けてくれてありがとう、リュリュ」

「……んっ」

照れてしまったリュリュは、ぽふっとご主人さまの胸に寄りかかった。

「ずいぶん手慣れているように見えたが、リュリュは戦闘訓練を受けたことがあるのかな？」

ふにふにと耳をいじられ、リュリュは目を細める。

「んと、シセツでしてた」

ご主人さまとヴァーノンが視線を交わした。

「なんのために？」

「ごしゅじんさまたちの役に立つため」

「子供たちは皆、同じ訓練を受けていたのか？　誰でもああいうことができた？」

「あい」

こっくりと頷くと、ソファの背もたれに片手を置いて立っていたヴァーノンが身震いする。

「なんてこった。突入時、実験体たちに抵抗されていたら軍の方が全滅していたかもしれないってことじゃないか」

「他にはどういうことを習ったんだい、リュリュ？」

んー、とリュリュは考え込んだ。

「んとね、いろいろ。はっきんぐのしかたとか、いざという時のためのコウリツテキな端末の破壊の仕方とか、じんもんへの対処法とか……」

ご主人さまが天井を仰ぎ、溜息をつく。

「……驚いたな」

リュリュは首を傾げた。

なにに驚いているんだろ?
ニンゲンの子供は、そういうことをしないのかな?
「リュリュ、ご主人さまの役に立った?」
ぱたぱた耳を動かしながらリュリュは尋ねてみる。
ご主人さまもヴァーノンも笑って頷いてくれた。
もちろん、と。

＋　＋　＋

緩やかに弧を描きながら飛行機《アヴィオン》が降下してゆく。

小さな窓越しに見える王都は、古色蒼然とした色を纏っていた。

千年も前から変わらず在る王城を、尖塔を持つ教会や幾何学的な模様を描く庭を擁する貴族の屋敷が囲んでいる。

比較的新しい時代に建てられたビルが林立するのは、中心地からはかなり離れた場所だ。下層階級が暮らすそこは既に老朽化甚しく、どこか廃墟《はいきょ》めいている。

ユーリ・リアンが政府から支給された屋敷はちょうど王城とビルの中間地点にあり、ドームで覆われた奇妙な外観が空から見ても異彩を放っていた。

ユーリの身を守るためという名目で下賜されたものではあるが、違う。これは鳥籠。ユーリを監視し、閉じこめるための檻だ。

最初は高位貴族たちが住まう地域の家を与えられそうになったのだが、固辞した結果、与えられたのが今の屋敷だった。外部からの干渉を断つためにセキュリティプログラムを勝手に書き換えたりしたせいで一悶着《もんちゃく》あったりしたものの、現在は完璧なプライヴァシーを保てる生活を得られている。それでもかつて暮らしていたアパルトメントほどには愛着を持つことができず、ユーリはずっとこの屋敷に、仮住まいしているだけの他人の家のような居心地の悪さを感じていた。

でも今は、早く家に帰りたいと思う。

帰りを待っているひとがいるからだ。

＋　＋　＋

「おかえりなさい、ご主人さま！」

扉を開けると同時に飛びついてきた愛し子に、ユーリは少し眉をひそめてみせた。

「こら、リュリュ。誰に見られるかもわからないんだから、扉が閉まるまでは奥にいなさいと言っただろう？」

「ご主人さまの他には誰もいないって、ちゃんとモニターで確認したから大丈夫です。講演旅行はいかがでしたか？」

——ちょっと留守にしていた間に、また育ったな。

リュリュの身長は、比較的長身の部類に入るユーリをはるかに越えてしまっていた。ぎ

ゆうぎゅうと抱きしめられると、顔が肩に押しつけられて少し苦しい。

「なかなか有意義だったよ。どこでも歓待してくれたしね」

ぽんぽんと背中を叩いて熱烈な抱擁をやめさせる。名残惜しそうな顔をしつつ手を引っ込めるリュリュを、ユーリは眼鏡の位置を直し眺めた。

なんていい男なんだろう。王都中を探しても、きっと私のリュリュほどの男前はいない。

現在のリュリュに子猫ちゃんの面影はなかった。

成長したリュリュは、長い四肢と同性でもうっかりすると見蕩れてしまいそうなほど整った顔立ちを誇る極上の雄だ。本当は猫ではなく、ライオンか虎が素体に使われていたのではないかとユーリは疑っている。

一方で、ユーリは年を取った。

灰色の髪には、わかりにくいが純白の毛が混じり始めている。少し痩《や》せて脂っ気が抜け、若い頃には想像すらできなかった皮膚の乾燥が気になるようになった。かつてはなんでも見えたのに、今では老眼鏡が必要だ。

年は取りたくないものだ。

トランクを押し寝室へと向かおうとすると、リュリュの腕がさっと伸びてくる。

「長旅でお疲れでしょ？　荷物は俺が運びます」

「そうかい？　ありがとう、リュリュ」

リュリュはいまだにユーリの『お手伝い』をするのが楽しくてならないらしい。できることならなんでもしてくれようとする。だが、今やリュリュはなんでもできる。黙っていたら、いつの間にか赤ん坊のように身の回りのこと全部をしてもらっていた、なんてことになりかねない。

たとえば、仕事に没頭していてふと気がついたら、ブランケットが肩に掛けられていただけでなく靴下まで履かされていたことがあった。さすがにやりすぎだと思ってやんわり窘《たしな》めたら、リュリュは耳をぺそりと倒し、しゅんとなってしまった。

傷つけたいわけではなかったユーリは大いに困った。

善意でしてくれたのはわかっている。リュリュに大事にされるのは、正直に言えば嬉しい。だが、おとなは自分のことは自分でするものなのだ。そう説明してみたのだが、ユーリに面倒をみてもらっていた仔猫の頃の記憶が強く、またヴァーノンしか他のおとなを知らないリュリュにはよくわからなかったらしい、首を傾げられてしまった。

このトランクだって、別にリュリュに運んでもらう必要はない。だが、手伝いなどいらないと断れば、リュリュは傷つく。しかし、これではまるで召使いだ。

断るべきか否か迷っているうちに、トランクはことことと小さな音を立て絨毯《じゅうたん》の上を進んでゆく。

「あれ？」

何が気になるのか、リュリュが身を屈めて顔を寄せてきた。近すぎる距離に思わず身を引くと、柔らかな色を湛《たた》えた黒紅色の瞳に、剣呑《けんのん》な影が落ちる。

長い腕が伸びてきてユーリの肩を摑《つか》み、有無を言わさず己の方へと引き寄せた。

「ちょ……っ、リュリュ……！」

コートの肩のあたりに寄せられた鼻がすんと鳴らされる。

「ご主人さま、変な匂いがする……」

変な匂い？

ユーリはリュリュが気にしていた肩の辺りを嗅いでみようとした。ぶつかってしまいそうなほど近づいた顔に、今度はリュリュがぎょっとして身体を仰け反らせる。

「ああ、甘い匂いがするな。空港でインタビューを受けたんだ。リポーターの女性の香水がきつかったから、それが移ってしまったんだろう」

「移り香もらっちゃうほど、その女のひとに近づいたの……？」

不満そうなリュリュの髪を、ユーリはくしゃくしゃと掻き回してやる。

リュリュはユーリの周りにいるニンゲンにすぐ嫉妬する。自分が一番でないと気に入らないのだ。だが、こうしてやればすぐに機嫌を直す。

「出口まで送ってもらった時に肩がぶつかったんだろう。それだけだよ。他のところには匂いなんてついてないだろう？」

立ち止まって両手をかかげてみせると、リュリュはあちこち匂いを嗅ぎ始めた。時々鼻先や柔らかな猫っ毛が膚にあたってくすぐったい。

やがて気が済んだのだろう、背筋を伸ばしてはふうと満足げな溜息をつく。

「本当に肩がぶつかっただけなんだ？」

「そうだって言っただろう？」

「ごめんなさい、ご主人さま」

ぴるぴるっと震えた耳が申し訳なさそうに寝てしまう。

くだらないことにも悋気《りんき》を示すこの子を、咎める気はなかった。この子は外にも出られないのだ。多少甘やかしても、いけないことなどない。

寝室の前で足を止めると、リュリュが扉を開ける。ユーリが通り抜けると、続いてトランクを押して入ってきた。

「留守中のこと、端末から見られるようにまとめておきました」

「ありがとう」

「お腹減ってない？　なにか用意する？」

ユーリは上着を脱ぎ、寝台の上に置いた。

「いや、大丈夫だ。もう遅いし、食べてすぐ寝ると胃がもたれるから」

いささか長い旅行のせいで、くたびれていた。ユーリは老眼鏡をトレーに置くと、カフスを外し、ネクタイも、脱いだシャツも寝台に投げる。

いつもならリュリュがすかさず片づけてくれるのだが、今日は動きだす気配もない。

どうしたんだろうと思って振り返ると、リュリュがさっと目を逸《そ》らした。あたふたとトランクの中身を片づけ始める。顔が赤いような気がしたが、オレンジがかった照明のせいだろうか。

「リュリュ?」

若者らしい色のシャツに包まれたリュリュの肩が小さく撥ねた。

「あっ、はい、なんでしょう、ご主人さま」

「片づけはいいから、洗濯物だけランドリーサービスに回しておいてくれないか?」

「はい」

トランクから汚れ物の入った袋を取り出すと、リュリュは寝台の上の衣類も抱えて部屋を出ていった。ユーリは空色のパジャマに着替え、寝台に腰を下ろす。

寝台のシーツはおろしたてだった。枕も風を通されてふかふかだ。帰宅するユーリのため、リュリュが整えてくれたのだろう。

枕をいくつも積み上げて寄りかかると、ユーリは老眼鏡をかけ、端末を引き寄せた。キーを叩くとウインドウが展開され、留守中に溜まったログが表示される。ユーリはリュリュが作成したデータを呼び出し、時系列順に目を通し始めた。

学校に足を踏み入れたことさえないというのに、リュリュはとても頭がいい。

まだ幼児と呼ばれる年代のうちにユーリが書いた論文を読み、理解していたくらいである。

なにかさせてとせがまれるまま仕事を与えているうちに、いつしかリュリュはユーリにとって欠くべからざる存在となっていた。

リュリュは世界中から送られてくる手紙やメールの仕分けをし、ものによっては返事を書き、ユーリのスケジュールを組み立て、時には部下の研究員が送ってくるレジュメの精査やユーリのすべき指示まで代行してくれる。ユーリ自身の研究の手伝いや工程管理、草稿のチェックもお手のものだ。多分、やれと言えば明日からでもユーリの仕事の全てを肩代わりすることができるだろう。

ハイスペックで男前で気持ちも優しい。こんないい子が他にいるだろうか。

仔猫の時も目に入れても痛くないほど可愛かったが、見上げるほど大きく男っぽくなったリュリュも、ユーリには可愛くてならなかった。もし自分に子供がいたならこんな風に愛《いと》おしく思うのだろうなとよく思う。

この子を誰よりも幸福にしてやりたい。

それが現在のユーリの最大の望みだ。

軽く手を振って空中に投影されていた画像を消し、端末を脇に押しやる。

問題は、リュリュが実験体であるということだった。普通の子のように学力試験を受けられれば、すぐさまこの国で一番の学府であり、知識の泉である白亜の塔に受け入れられ次代を担う天才ともてはやされるに違いないのに、リュリュはユーリの鳥籠から出られない。

——可哀想《かわいそう》なリュリュ。

部屋の灯りを落とすとユーリは横になった。枕の一つを抱き抱え、軀を丸める。

＋　＋　＋

翌朝の目覚めは早かった。さっさと起き出してシャワーを浴び、コットンシャツとスラックスを身につけたユーリは、まだ僅かに湿っている灰色の髪を後ろに掻き上げる。

量が減ってきたような気がするが……きっと気のせいだ。

朝から侘《わ》びしい気分を噛みしめつつ、居間を通り抜けようとしたユーリの足が途中でぴたりと止まった。

ソファでリュリュが眠っている。膝を折り曲げ、なんとかソファにおさまってはいるが、いかにも窮屈そうだ。夢でも見ているのだろうか、猫耳がぴくぴくしているさまが愛らしい。

別にそれはいい。

問題は、リュリュが抱きしめ、ゆるんだ顔を埋めているものだった。

「――さすがにこれはいただけないな」

ユーリはソファに近づき、それを取り上げようとした。寝ているから簡単だろうと思ったのに、驚いたことにリュリュはそれを放すどころか摑み直し、引き戻そうとすらした。

「んん……や……っ」

しっかりと爪を立てたそれに、すり、と顔を擦りつけるさまを目撃してしまい、ユーリは天井を振り仰ぐ。

リュリュが恍惚《こうこつ》とした顔で抱きしめているのは、ユーリが昨夜脱いだシャツだった。

「『や』じゃないだろう？　放しなさい、リュリュ」

横向きになったリュリュの腹の前、ほんの少し残った座面に尻を乗せ、ユーリはまだくたんとしている尻尾を摑む。先端の毛で顔をくすぐってやると、リュリュの眉間に深い皺が刻まれた。

「んん――？」

顔を背けてむずかるものの、まだシャツを放そうとしない。

「リュリュ」

「むう――」

鼻を摘んでやり、ようやく目覚めたリュリュは、むっとした顔で辺りを見回した。それからユーリの顔を見て、シャツに埋まったままの鼻をすんと鳴らし――頭が覚めてきたのだろう、真っ赤になって飛び起きる。

「あ……、あ……！　お、おはようございます、ご主人さまっ」

いつもは甘えを含んだ柔らかな声が上擦っている。

「どうして自分の部屋の寝台で寝ないんだい、リュリュ。こんなところで寝たら風邪を引くだろう？」

「え、あ、大丈夫です。俺、猫だし」

「猫だからって大丈夫なわけないだろう。この手も離しなさい、リュリュ」

さりげなく抜き取ろうと試みていたのだが、この期に及んでもリュリュの手はしっかりとユーリのシャツを握りしめ、放そうとしなかった。

「リュリュ？」

少し声のトーンを上げると、リュリュの尻尾がぴんと伸びる。

「どうしてこんなものを抱いて寝ていたんだ？」

「え……ええと……」

視線が膝のあたりをうろうろしている。どうやら言いにくいことがあるらしい。

「もしかして、気になる匂いがしたのか？　臭かった……とか……」

体臭には気をつけているが、ユーリももう若くない。

真剣に心配するユーリに、リュリュはきょとんとした顔を向けた。

「ご主人さまのシャツが臭いなんてことがあるわけないじゃないですか」

「本当に？」

「むしろ、とってもいい匂いがします」

またすんと匂いを嗅がれ、反射的に引っ張ってみたが、やはりリュリュの手からシャツを奪うことはできなかった。

「とにかく、他人《ひと》のシャツの臭いを嗅いではいけない」

「……」

「リュリュ？　お返事は？」

「うーと。あ！　すぐ朝食の支度をしないとですよね。これもランドリーに回してきます！」

するりとソファから下りたリュリュが、止める間もなく部屋を飛びだしてゆく。走って追いかけるだけの元気はなく、ユーリはリュリュのぬくもりが残るソファに深く座り直した。髪を頭の後ろで適当にまとめながら、今のは一体なんだったのだろうと考えてみる。

ランドリーにシャツを持って行く途中で力尽き、ここで眠ってしまったのだろうか。

だが、それならば他の汚れ物も残っていなければおかしい。

「わからんなあ」

早々に諦めると、ユーリはテーブルの上に投げ出されていたタブレットを引き寄せスケジュールを確認し始めた。今日は白亜の塔に出勤せねばならない、あまりのんびりしている時間はない。

シャツの一件はすみやかに意識の隅に追いやられる。いささか驚かされたが、後々まで引きずるような問題ではないとこの時ユーリは判断していた。多分、リュリュは仔猫の頃の悪癖を捨てられないだけなのだ。それだけのことだ、と。

＋　＋　＋

夜。

ぼんやりとものの形が見えるのに気がつき、ユーリは等間隔に並ぶ窓へと近づいた。

風が強いせいだろうか、いつもは排気ガスで靄《もや》がかかっているように見える空が晴れ渡っており、無数の星と細い月が世界を優しく照らし出している。

庭でなにかが動いている。目を細め、それがなにか理解したユーリは微笑んだ。

リュリュが芝生の真ん中で胡座《あぐら》を掻き、月を見上げている。しっぽの先でぱたんぱたんと地面を叩きながら。

月光浴を好むのは、夜に生きる獣の血が混じっているからだろうか？

リュリュに声をかけることなく窓辺を離れると、ユーリは厨房へと向かった。グレイの細いストライプの入ったパジャマ姿なのは、一度寝台に入ったものの、どうにも寝つけずに寝室を出てきたせいだ。

ぱちんと厨房の照明をつけ、冷蔵庫の扉を開ける。ミルクのカートンを取り出しグラスに注ぐと、ユーリは厨房を見渡した。

かつてはユーリがここで食事の用意をしていた。

最初はお茶を淹れる程度にしか使っていなかったのだが、リュリュのために三度の食事の用意をするようになり、すぐおやつまで手作りするようになった。だが今ではリュリュが食事の支度をしてくれている。ユーリが最後に厨房に立ったのは、一体何年前だろう？

冷たいミルクはほのかに甘い。喉の渇きは消えたが、眠気はまだ訪れそうにない。

「たまには、ブラマンジェでも作るか」

仔猫のリュリュは、庭で収穫したブルーベリーを載せたブラマンジェが大好物だった。

ユーリはシンクの中に空になったグラスを置くと、カウンターの一角にしつらえられたブックコーナーを覗き込んだ。レシピのファイルを探すが見あたらない。

「部屋に持って行ったのか……?」

一旦厨房を出て、リュリュの部屋へと向かう。

入り口からちょっと覗いてみよう。見つからなければ、端末で新しいレシピを検索してみればいい。そんな軽い気持ちだったのだが、リュリュの部屋の扉は、開かなかった。

——どうして開かないんだ?

扉の開閉は手動式だが、出入りする人間は全て顔認証システムでチェックされている。承認されていない人間が入ろうとすれば、自動的にロックがかかる。

——ユーリの承認が取り消されているのだ。

リュリュが思春期に差しかかった頃からこの部屋に入ろうとしたことがなかったから、気づかなかった。一体いつから閉め出されていたのだろう。

ほんのわずかに残っていた眠気が綺麗に拭い去られる。ユーリはまず、セキュリティルームへと急いだ。こういうシステムをいじるのはヴァーノンの得意分野だが、ユーリにだって設定を確認することくらいはできる。

調べてみると、案の定リュリュの部屋の扉だけ本人以外には開かないよう変更されていた。

ヴァーノンがユーリに無断でこんな改変をする訳がない。リュリュの仕業だ。リュリュがユーリに隠れてシステムをいじったのだ。

二度と勝手にいじらないと約束したのに。

裏切られたような気分だった。

ユーリに見られて困るようなものが部屋にあるんだろうか……？

ユーリは入室制限を解除し、リュリュの部屋に戻った。大きく扉を開き、室内を見渡す。

リュリュの部屋は一部を除いて綺麗に片づいていた。寝ながら眺めたのだろうか、探していたレシピブックが寝台の上に投げ出してある。

それはいい。

だが、これはなんだ？

ユーリは唖然《あぜん》とした。

ゆったりとしたサイズの寝台の上は、まるで獣の巣のようだった。様々なものが中央に少し空いたスペースの周りに堆積している。

踵《かかと》が薄くなった靴下。どこかにひっかけたせいで裾がほつれてしまったカーディガン。今では流行遅れになってしまった太めのタイ、等々。

全部、見覚えがある。

ユーリのものだ。

白地にブルーグレイのストライプが入ったシーツまであった。

細いストライプが入ったシーツは、ユーリがブルーグレイ、リュリュのはセルリアンブルーと決まっている。まるで抱いて寝たかのようにくしゃくしゃになっている代物は、洗い立てのようにはとても見えない。

ユーリは無言で部屋を出ると、扉を閉めた。セキュリティルームに戻って、設定を変更し始める。

この屋敷には、ユーリに引き渡された時にはもう各部屋に監視カメラが設置され、住民の生活が逐一覗き見られるようになっていた。勝手にプログラムを書き換えて防犯上必要な最低限のデータしか外部に送信されないようにした上、不必要と判断した監視カメラの電源は切ってしまっていたのだが、復活させて映像が蓄積されるようにする。

実行キーを押すと、ユーリは頬杖をついて考え込んだ。

リュリュはなんのためにあんなものを溜め込んだりしたのだろう。

なんの価値もないものばかりだった。盗んでもなんにもならない。

「……なんて己を誤魔化していても仕方ないな……」

ユーリはなんとも憂鬱な溜息をつく。

気がつきたくなどなかったが、先日リュリュが見せたシャツへの執着を思えば、おのずとわかってしまう。

リュリュが興味を示すのは、ユーリの身の回りにあったもの。おそらくは、ユーリの匂いがついたものだ。

ウィンドウの中には現在のリュリュの部屋の様子が映っている。ユーリは椅子を少し後ろに引き、立てた片膝を抱えた。

――とにかく、変態じみた真似はやめさせなければ。

リュリュが夜な夜な自分の匂いを嗅いでいると思うと、軀の内側がざわざわした。地に足が着いていないような、奇妙な感じ。決して厭なわけではないのだが、落ち着かない。

ぴっ。

かすかな音に目を上げると、ちょうどロックを解除してリュリュが部屋に入ってきたところだった。画面が緑がかった暗視モードのままだということは明かりはつけられていない。だが、リュリュは昼間と同じように危なげない足取りで部屋を横切り、羽織っていたパーカーを椅子の背にかけた。

ひょいと寝台に上り、中心に開いた空間に丸くなる。

空調で屋敷内の気温は一定に保たれているが、なにもかけないで寝るにはいささか肌寒い。上掛けはどこにやったのだろうと思っていると、リュリュはブルーグレイのストライプシーツを引っ張りくるまった。

ふすん、と機嫌良さそうな鼻息が聞こえる。

しばらくの間、ごそごそと居心地のいい姿勢を探していたがやがて落ち着き、リュリュはシーツの端を鼻の上まで引っ張り上げた。

耳がぴるぴるっと震え、黒紅色の瞳がうっとりと細められる。

あんまりにもしあわせそうな表情に、ユーリは頭を抱えた。

——なんてことだ。

魅力的な女性ならともかく——それでもすこし変態がかっているが——自分のような年《とし》嵩《かさ》の男の持ち物にあんなことをして、あんな顔をするなんて。

屋敷の中はしんと静まりかえっている。窓の外に見える空に、もう細い月の姿はない。

＋　＋　＋

その翌日。ごく普通に一日を過ごした後、ユーリは満を持してセキュリティルームへと向かった。扉をロックしてから、一日のリュリュの行動記録を呼び出す。

動体検知式のカメラの映像は、朝、リュリュがぼーっとした顔で寝台に起きあがったところから始まった。寝癖だらけの頭が実にキュートだ。

よろよろとバスルームに行き、洗顔して幾分しゃっきりとした顔になると、厨房に移動して朝食の準備を始める。リュリュが犯行に及んだのは、ユーリに声を掛けて朝食を共にし、片づけまで済ませた後だ。

ランドリールームから持ち出した新しいブルーグレイのシーツを手にユーリの部屋にやってくると、軽く部屋を掃除し、寝台を整える。だが使用済みのシーツはランドリー用のバッグに納められることなく、リュリュの部屋へと持ち込まれた。代わりに昨夜リュリュがくるまっていたシーツがランドリーに回される。

一連の犯行の間、リュリュはずっと鼻歌交じりだった。

その後はありふれた日常の風景が進む。

端末の前に座ったリュリュはユーリのIDでログインすると、まずTO DOリストをチェックし、メールに目を通し始めた。データだけのやりとりならリュリュに猫耳があろうが尻尾がついていようが知れる恐れはない。既にリュリュを引き取った時、作業の最適化をはかるためと称して、どうしても出席しなければならない会議など以外のすべてをオンラインで済ませられるようシステムを刷新している。屋敷でリュリュと過ごす時間を確保するのが目的だったが、結果的にリュリュがユーリの仕事のかなりの部分を担える体制が整っていた。

家事くらいしかすることがない毎日を虚《むな》しく思っていたのだろう、リュリュは大変意欲的に仕事に取り組んでくれる。ユーリの仕事が手伝えるのが、誇らしくてならないらしい。手の着けられない仕事もあるとはいえ、頭のいいリュリュは要領もよく、ユーリは見た目上、他の者の倍近い仕事をコンスタントにこなすようになってしまった。おかげで超人扱いされるようになってしまったことを思いだし、ユーリは自分のＴＯ　ＤＯリストを呼び出すとルーティンを再検討することと書き込む。

そんなことをしつつウインドウを眺めていると、午前中ずっと作業に没頭して過ごしたリュリュが手を止め、昼食の準備に立ち上がった。

厨房に入る前に、居間で少しユーリと会話を交わす。

モニターに映る自分の姿に、ユーリは小さな溜息をついた。リュリュに比べるとひょろりとしていて、どうにも貧弱でみすぼらしい。膚の色艶すら全然違う。

適当に早送りしながら、時を進める。

夕食後、リュリュはバスルームに入った。歯を磨くと、無造作に服を脱ぎ始める。服を着ていると細く見える体軀にはしっかりと筋肉がついていた。若く瑞々《みずみず》しい四肢は驚くほどしなやかで美しく、思わず見蕩れてしまいそうになる。

見事な成長ぶりに目頭が熱くなった。オーブンの中で泣いていた小さな仔猫がこんなにも立派に成長してくれたのかと思うと実に感慨深いものがある。

湯の張られていないバスタブの中に立ったリュリュが透明なカーテンを引き、コックをひねる。

さすがにシャワーシーンは飛ばそうと、端末に手を伸ばした時だった。リュリュが白いタイル張りの壁に片手をついた。

ユーリは老眼鏡の位置を直す。

具合でも悪いのだろうか。

カーテンの表面に当たって流れ落ちてゆく湯に視界がゆがむ。

——ん……っ。

水音に紛れて、呻き声のようなものまで聞こえてきた。

「なにを言っているんだ……？」

ユーリの呟きに反応し、システムがシャワーのノイズを除去し始める。

——はっ、はっ。

いつもよりだいぶ速く、切羽詰まったものさえ感じさせる呼吸音が狭いバスルームに反響した。それから、かすかにリズミカルな音が。

「あ……っ⁉」

わずかにリュリュの軀も揺れていた。それでようやくぴんとくる。

「自慰しているのか……」

ユーリは老眼鏡を外すと、テーブルに突いた肘に頭を乗せた。

ショックだ。

時は巡る。なにごとも変化してゆく。永遠に変わらないままではいてくれない。いつまでも仔猫のままでいないのは当たり前のことなのに、なんだか無性に淋《さび》しく、やるせない。

とはいえ、いつまでもこんな場面を覗き見ているのは悪趣味だ。ユーリは片手だけでいい加減に端末を叩き、バスルームの映像を飛ばそうとする。

操作が終わる前に、リュリュの声が聞こえた。

——ご主人さま……、ご主人さま……っ。

「————え？」

ざわり、と。

一気に膚が粟立《あわだ》った。

どうしてここで私の名を呼ぶ。

己を慰めながら他人《ひと》の名を呼ぶ理由など一つしかない。

——まさか、私を思いつつ抜いているのか？

ありえない。だが、その時、ふっと幼い頃のリュリュの姿が脳裏に浮かんだ。

いつもきらきら輝いている瞳が生気を失い、硝子玉のように私の姿を映していた。ふっくらとした頬は、後から後から流れ落ちる涙に濡《ぬ》れ、尻尾も力なく垂れている。

――ごしゅじんさまは307号に食べ物と寝床を与え、養ってくれてる。だから307号はごしゅじんさまに心から感謝し、学び、仕えるの――。

まるで天啓が下りてきたようだった。リュリュが見せた異常な行動のすべてがそれで納得できた。

この子はいつでもユーリのことを一番に考える。ご主人さまにはそうしなければならないのだと、前のご主人さまに躾《しつ》けられたからだ。

だから、リュリュは進んでユーリの手助けをしようとする。ユーリが快適に過ごせるよう、あらゆることに心を砕く。

――ユーリがそういう意味ではないものの、片時も傍から離したくないと思うほどリュリュを愛し、執着したから、リュリュもまたその気持ちに応えようとしたのではないだろうか。

まだ仔猫だった時に、身を挺してユーリを守ってくれたように。

ユーリは静かに目を閉じた。

――そうだ。別に、私を真に好いているわけじゃない。

リュリュのあられもない姿を見てしまったせいで動揺してしまっていた心が鎮まる。

熱を吐き出すのに使われたことに、嫌悪はまったく感じなかった。ただ、罪悪感が胸を占める。

もっとこの子に気をつかってやるべきだった。

この子は施設で酷い目にあってきたのだ。そしてユーリは初めてリュリュに優しくしてくれたひと、過度に期待に応えようとしてしまっても、不思議はない。

「ご主人さま?」

扉を叩く音に、ユーリの肩がびくんと撥ねる。

「ご主人さま、どうしたんですか? どうしてここ、ロックされているんですか? なにかあったんですか? ご主人さま、ねえ、大丈夫?」

ユーリはウインドウを消去してから、ロックを解除した。小さな電子音が聞こえると、リュリュが即座に扉を開けてセキュリティルームに入ってくる。

「ご主人さま?」

歩み寄ってくるリュリュの髪はまだわずかに湿っていた。

ユーリは疲れてうまく焦点が合わなくなってしまった目を瞬かせる。それから少し手前で立ち止まったリュリュを手招いた。

「リュリュ……おいで」

「……なに?」

「いいから」

リュリュの肩を押して無理矢理床にひざまずかせる。そうすると、ここ数年で滅多に拝めなくなってしまったつむじと猫耳が良く見えた。仔猫の頃はふわふわしていた髪は入念に手入れされ、さらりと流されている。

じっくり眺めた後、ユーリは両手でリュリュの頭を掻きまわしてみた。滑らかな毛に覆われた猫耳の手触りは、かつてと変わりない。髪質も小さな頃と同じ、柔らかい猫っ毛だ。

「うう、ごしゅじんさま、本当に、なんなんですか……？」

ぴるぴるっと猫耳が震えた。猫であるせいか、大きいのにリュリュにはどこか柔らかな雰囲気があった。男前が両手を床に突いてユーリを見上げている。厭なことをするユーリの手を振り払おうなどとは考えも寄らないようだ。

目の前の男に、身を竦め上目遣いにユーリを見上げる仔猫の姿が重なった。

私の可愛いリュリュ。

ユーリだけに向けられる、どこか甘えた眼差し。一緒にいるだけで、とても幸せな気分にしてくれる。

この屋敷につれてきてから二人きり、長い時を一緒に過ごしてきた。常に一途にユーリを慕ってくれる可愛い仔猫。

——そして私がこの子をこの上なく愛していることに、変わりない。

「——なんでもないよ」

「ええ？」

昔と同じように額に唇を押し当てて終わりにすると、リュリュは頬を赤く染め、両手で乱れた髪を整えた。様子のおかしい主が心配なのだろう、黒紅色の目でじいっとユーリを観察しながら。

「ご主人さま、本当にどうしたっていうんですか……？」

ユーリは返事をせず、ただ微笑む。

＋　＋　＋

ヴァーノンは白亜の塔で初めて会った時から変わった奴だった。

貴族は総じてプライドが高い。身分など気にしないと口では言うものの、貴族と下層階級の前ではあからさまに態度を変える。はなから対等な存在だとは思っていないのだ。

だが、こののんきな大男はその辺りのことをまるで気にしていないようだった。

それどころか、頭に櫛《くし》も通さずによれよれのTシャツ姿で研究室に現れたりする。おかげでユーリは他の学生に教えられるまで、自分と同じ庶民だと思いこんでいたくらいだ。

今のリュリュより少し若かったヴァーノンはどこか浮き世離れした雰囲気を纏っていて、

何事にも無頓着だった。

夢見がちだった眼差しが諦念を帯びたものへと変わり、下層階級出身であるがゆえに過敏だったユーリよりよほど的確に状況を把握するようになったのは、いつの頃からだったろう。いずれにせよ、ヴァーノンが今も昔も傍にいて気持ちのいい男であることには変わりない。

「どうした、ヴァーノン」

突然訪ねてきた親友を、ユーリは居間へと招き入れた。いつも陽気なこの男には珍しく、表情が硬い。

「報告があるんだ」

くすんだモスグリーンの安楽椅子に腰を下ろすと、ヴァーノンは早速切り出した。

「報告？　直接言いにくるなんて、よほどの重大事のようだね」

「白亜の塔に、何者かが侵入《ハッキング》した」

「――ほう」

ユーリはティーポットに茶葉を落とした。

白亜の塔に侵入を試みる者は多く、ユーリはこの手の話には既に慣れっこになってしまっていた。

「損害は？」

「合成獣計画関係の資料にアクセスした形跡があった」

それでユーリはヴァーノンがわざわざここまで報告しにきた理由を知った。

「残党の仕業かな？　だが、そんな情報を今更探してどうするつもりなんだろう？　彼らの役に立ちそうなことなど、なにもないのに」

リュリュがこの屋敷で生きていることは、白亜の塔のどの記録にも載っていない。ほかの実験体はすべて適正な手続きを経て処分済だ。

「そうだな。だが、気をつけるに越したことはない。博士は合成獣計画解体の中心人物である上、ここにはリュリュがいるんだからな」

リュリュ、か。

名前を耳にしただけで動揺してしまい、ユーリは熱湯を注ぎ入れようとしていた手を止めた。

「その、リュリュのことなんだが」

「どうした」

「このままでは可哀想だと思うんだよ」

ヴァーノンは不思議そうな顔をした。

「なんでだ？　腹が立つくらいしあわせそうに見えるのに。外に出られないとはいえ、毎日忙しくしているんだろう？　博士の下で仕事までしている」

「だが普通だったら友人と羽目をはずしたり、恋に夢中になっている年頃だ」

リュリュは間違いなく最高にいい男だ。ユーリのようにくたびれた男に発情するなんて、間違っている。

リュリュにふさわしいのは、若々しく、生気に溢《あふ》れた女の子。

どんな子だってきっと、リュリュを前にすれば恋に落ちずにはいられない。

——でも、リュリュの手が届く場所には誰もいなかった。

この屋敷にいるのは、リュリュとユーリだけ。女の子など、視界にすら入らない。

閉じられた空間の中、積み重ねられたいびつな時がなければリュリュがあんな目を自分に向けることはなかっただろう。

あやまちは正されるべきだ。

「あー、女の子かあ……。同じ男としては確かに同情を覚えるな。だが、実際問題として難しいぞ。秘密が漏れたら、リュリュは廃棄されてしまうかもしれないんだからな」

「……ヴィラール公爵の協力を仰げないかと、考えている」

綺麗に並べられた菓子《ガトー》を物色していたヴァーノンが顔を上げた。

公爵はユーリに好意的ではあるが、教会に近しい人物である。リュリュの存在を認める可能性は低い。

「もちろん、今すぐじゃない。失敗したら元も子もないから、それなりに準備を進めて好機を待つつもりだ」

「まあ、公爵が理解を示してくれれば心強いが、なんでそんなことを、急に」

ユーリは迷った。

リュリュはこんなこと、ヴァーノンに知られたくないだろう。だが、ヴァーノンは仲間に引き入れておいた方がいい。ユーリには他に協力してくれる友達などいないのだ。

「リュリュの寝室を、見たんだ」

思い切って切り出すと、ヴァーノンはそれがどうしたという顔をした。

「寝台の上に、私の古着が散乱していた」

「ほう」

「私のシャツを抱いて寝ていたこともある」

「……ん？」

ヴァーノンの眉根が寄った。

「ええと……それはつまり、そういうこと、か？　――はあ⁉」

大きな声に、心臓が撥ねる。ヴァーノンにそんなつもりはないのだろうが、責められているような気分になった。

「確かめたわけじゃないから、リュリュの真意はわからない。だが、もしそういうことであるなら、この環境に問題があるのだと思う」

あの子の周囲には自分の他には誰もいない。他人のにおいがすれば嫉妬して、大好きだと何度も何度も重ねて告げる。

好きだとあの子はユーリに言う。

テーブルの上の、市販のものに劣らず美味なエクレール・オ・ショコラだって、時々甘いものを欲しがるユーリのために、リュリュが焼いてくれたものだ。

——でも、それら全部が『ご主人さま』に対する義務感から行われているのだとしたら？

リュリュが示してくれた好意のすべてが偽物だったとしたら、どうする？

ざわりと膚が粟立った。ユーリは動揺を気取られないよう、ゆっくりと息を吸って、吐く。


別に関係ない。

あの子が悪いわけではないのだから。

自分はあの子のためにできることをしてやるだけだ。

「わかった。女友達ができるだけでも違うかもしれないしな。なにか方策を考えてみる」

「いつもすまない」

心から感謝すると、ヴァーノンはおどけて笑った。

「そう思うなら、今度いいワインを持ってうちに遊びに来てくれ。パメラも喜ぶ」

「パメラ、か」

年齢の割にませた少女の面差しを思い浮かべ、ユーリは小さく微笑んだ。

「こんなおじさんが顔を出したところで年頃の娘が喜ぶとは思えないが」

「相変わらず、まるでわかってないなー、博士は」

顰め面になったヴァーノンの前に、ユーリは湯気の立つティーカップを差し出した。少し濃くなってしまった紅茶から、フランボアーズが匂い立つ。

紅茶を楽しもうとカップを持ち上げた時、荒っぽい物音が聞こえた。

「――――ん？」

廊下を走っているのだろう、足音が近づいてくる。

他に家にいるのはリュリュだけだが、廊下を走ってはいけないと躾けてある。ヴァーノンもユーリもカップを手にしたまま耳を澄ました。

部屋の前で足音が止まる。回るドアノブに緊張感が高まる。

肩で扉を押し開き現れたのは、やはり尻尾を怒りに膨らませたリュリュだった。

「ご主人さま……！」

ユーリは念のため余分に用意しておいたティーカップを引き寄せる。

「リュリュ、ノックはどうしたんだい？」

「俺の部屋に入った？　ご主人さま」

リュリュはユーリの小言など聞こえなかったかのように、つっけんどんに切り出した。

「ああ」

「俺の宝物はどうしたの？　まさか捨てたんじゃないよね？」

「ゴミは捨て、ゴミではないものはランドリーに回したよ」

淡々と告げられ、リュリュの顔が信じられないと言いたげにゆがんだ。

「なんで……なんでそういうこと、勝手にするの⁉」

「リュリュ、では、君はどうして私のものを勝手に部屋に溜めこんだんだ？」

冷静に切り替えされ、リュリュは視線を泳がせる。

「だって……だって、博士が一緒に寝てくれないから……」

ユーリは首を傾げる。

リュリュに部屋を与え、ユーリの寝台で寝るのを禁じたのは、一緒に暮らし始めて二年が経つ頃だった。

これは、ユーリの感覚では遅すぎるくらいだ。普通は赤ん坊だって親と同じ部屋で寝たりしない。

だが、リュリュはこのことについては意固地だった。いつも素直なリュリュらしくない頑迷さで自分の寝台で眠ることを拒み、力尽くで言うことを聞かせようとすると泣き喚《わめ》いて厭がった。

あんまりにも哀れな様子についつい甘やかしてしまいたくなったが、男の子が一人で眠れないというのでは困る。

ユーリは心を鬼にしてリュリュを閉め出した。そうしたらちゃんと自分の部屋で寝るようになったから問題ないと思っていたのだが、そうではなかったらしい。

ヴァーノンが意地悪く口を挟む。

「おいおい、リュリュ。博士と一緒じゃないと寝られないのか？」

手の甲で口元を押さえたリュリュの頬がふわりと色づいた。

「なんだ、本当にそうなのか？」

ヴァーノンに笑われ、きつく握りしめられた拳が震える。ユーリはその背を優しく撫でてやった。

「リュリュ、もうおとななんだから、淋しくても一人で寝ないと」

「う、うるさい……！」

癇癪《かんしゃく》を起こしたように吐き捨てると、リュリュはソファに乱暴に腰を下ろした。耳がぺそりと寝てしまっている。

「リュリュ？」

熱い紅茶で満たされたティーカップをソーサーごと差し出してやると、潤んだ瞳がユーリを映した。

「俺、不要になったものをもらっただけです。シーツだって、ちゃんと翌日にはランドリーに回してました。ご主人さまに迷惑はかけてません」

「迷惑をかけてなくても駄目だ」

「どうして？　……気持ち悪いから？」

背を撫でる手が止まる。

「監視カメラを起動させたの、ご主人さまですよね？」

ユーリは一瞬視線を揺らした。

予想して然るべきだった。寝床の品々が消えているのを発見したリュリュはセキュリティルームに走って、犯人を捜そうとしたのだろう。廊下に設置された監視カメラのログを見れば、誰が部屋に入ったのかがわかるからだ。

だが、システムを立ち上げてみたら、廊下どころか室内のカメラまで生きているのに気がついた。リュリュのことだ、閲覧履歴まで呼び出してみたに違いない。もしかしたらさっきまで、この部屋の監視カメラで一部始終を見ていたのかもしれない。

ヴァーノンが、手についてしまったクリームを舐めた。

「博士、それはやりすぎだ」

ユーリは頰をくすぐる前髪を搔き上げて耳にかけ、窓の外へと目をやる。

「そうする必要があったのだから、仕方がない。リュリュは勝手にロックの設定も変えていた。なにかしたら必ず報告すると約束したのに」

猫耳が後ろめたそうに揺れた。

「だって、部屋に鍵をかけたいって言ったら、ご主人さま、どうしてそんな必要があるのかって聞くでしょう……?」

「それは、そうだな」

「俺は説明なんかしたくなかった」

三つ目のエクレール・オ・ショコラに手を伸ばしつつ、ヴァーノンが溜息をつく。

「あのなあ、俺に言わせりゃ、どっちもどっちだ。博士は勝手にリュリュの部屋を覗いたり、ものを処分したりするべきじゃなかった。リュリュはもう出会った頃と同じ幼い仔猫でもペットでもない。尊重すべき一個人で、対等な存在なんだからな」

言われて初めて自覚する。ユーリの中では、リュリュはまだ幼い子供で、黙って自分の言う通りにすればいいのだと思う心が確かにあった。

「とはいえ、リュリュ、おまえに博士に文句を言う資格はない。自分が悪いことをしたのはわかっているな?」

リュリュはひくりと肩を揺らすと、悄然《しょうぜん》と頭を垂れた。

「でも……俺はご主人さまに、万が一にも気持ち悪いもの、見せたくなかったから……」

強張《こわば》った表情にユーリは察した。

ログを見て知ってしまったのだろう。こともあろうにユーリが、バスルームで己を慰めているリュリュを見てしまったことを。

おそらく、部屋で熱を冷ましたこともあったのだろう。扉のロックは、盗みの隠蔽より、不意のハプニングであらぬ姿を見られたりしないためだったのかもしれない。

「リュリュ、気持ち悪いだなんて、思っていないよ」

ユーリは気を軽くしてやろうと思って言ったのだが、リュリュは逆に誰よりもハンサムな顔を泣きそうにゆがめた。

「ごめんなさい……。ご主人さま、本当にごめんなさい……」

「気にするな。君のせいじゃない」

ぴこんとリュリュの耳が立った。

「……どういう意味？」

ユーリはヴァーノンと目を合わせる。

「どうやら私は、君をしあわせにする努力を怠《おこた》っていたようだ。同年代の友達も——異性もいないような環境が君に与える影響について失念していた」

「——待って。そのせいだと思ってるの？　俺が——その、ご主人さまが見たようなことをしたのは」

「今、ヴァーノンとも話していたんだ。この状況をどうにかできないかと」

「いらない」

言下に切り捨てられ、ユーリは眉根を寄せた。

「リュリュ」

「環境のせいなんかじゃない。俺……ご主人さまが好き」

「おお」

ヴァーノンが気の抜けた感嘆の声を上げる。

服の下で膚がざわりと粟立った。

——信じてはいけない。これは前のご主人さまがこの子に刻んだ呪いだ。

「リュリュ、自分ではわからないかもしれないが——」

「ご主人さまが厭なら我慢する。二度と言わないし、あんなこともしない。でも、俺はご主人さまと一緒にいられるだけでしあわせなんです。余計なこと、しないでください」

「リュリュ。君はこの屋敷から一歩も出ずに育っただろう？　世の中のことをまだなにも知らない。いらないなんて決めつけないで、もっといろんなことに目を向けなきゃだめだ。色々なひとと関わってゆくことでしか学べないことはあるんだから」

リュリュの尻尾が膨らんだ。

「人に会えば、許されざる存在がここにいると知られるリスクも大きくなるんでしょう？　必要ありません」

リュリュはまっすぐにユーリを見上げている。

迷いのない眼差しが眩しい。

ユーリは思わず手を伸ばした。張りのある頬に掌を触れさせる。

「私は君に、人並みのしあわせを与えてやりたいんだ」

「俺、もう十分しあわせだって言ってますよね」

「リュリュ、それは君が知らないからだ。この屋敷に閉じこもっていては知ることができない喜びやしあわせが外にはいくらでも――」

リュリュが勢いよく立ち上がった。

「やめてよ……！　俺の気持ちが偽物だと思っているんでしょう。だからご主人さま、そういうことを言うんだ。俺はご主人さま以外、いらないのに……！」

「リュリュ……」

黒紅色の目から、ほろりと大粒の涙が零《こぼ》れ落ちる。

「好き……好き。ご主人さまが好きなんです。ねえ、どうしたら信じてくれる……？」

ユーリはナイフで心臓を貫かれたかのような痛みを覚えた。

誰もが目を奪われるほど整った容姿をもつ男前が、目の前で泣いている。

「リュリュ、私だって君が好きだよ。息子のように愛してる」

「息子……？」

呆然《ぼうぜん》とした声が聞こえた。

ユーリにとっては偽りのない本心だったが、リュリュにとって決して望ましい言葉でなかったであろうことはわかっていた。だが、これがユーリがリュリュに贈れる、最上級の親愛を示す言葉だ。

「やめてよ……。そんなこと言うご主人さまなんて……」

呆然と発せられた声音が途切れ、拳が強く握りしめられる。

「そんなこと言うご主人さまなんて、大っ嫌いだ……っ！」

荒々しい声がユーリの胸を貫いた。

足音を立てリュリュが居間を出てゆく。リュリュの姿が見えなくなった途端、ユーリは項垂《うなだ》れ、両手を握り合わせた。

「だいきらい……」

「博士？」

「どうしよう。死にそうだ」

リュリュにそんなことを言われたのは初めてだった。世界が暗闇に包まれたような最悪な気分だ。心臓ががんがん轟いている。

「あー。大丈夫か、博士」

ヴァーノンに肩を叩かれ、更に前のめりになったユーリは両手で顔を覆った。

「大丈夫じゃない……」

「そう落ち込むな。あいつは癇癪を起こしただけだ。心底嫌いだと思っているわけじゃないさ」

「そうだろうか」

「そうだとも。今頃きっと暴言を吐いたことを後悔している。リュリュは本当に博士のことが大好きなんだからな」

好き————?

ユーリはゆっくりと身を起こした。

なんて眩しい言葉だろう。

だがその言葉は、リュリュをあの地獄から連れ出しさえすれば誰だってもらえるのだ、きっと。

＋　＋　＋

ヴァーノンが帰ってから訪ねてみたリュリュの部屋は、やけに広々としていた。

古着も、くしゃくしゃになったブルーグレイのシーツもない。寝台はきれいにメイクされている。

寝台の上以外は元々片づけられていたから、誰も住んでいないかのようだ。

自分でそうしたのにうら淋しい眺めを見ていられず、ユーリは踵《きびす》を返した。

「大嫌い……か」

呟いてみただけでじわりと目の奥が熱くなり、ユーリは慌てて瞬く。

大丈夫。リュリュが本当に自分を嫌いになるわけがない。

ヴァーノンも癇癪を起こしただけだと言っていた。

それなのに――絶望的な気分が消えない。

「この年になって、こんな悩み事を抱えることになるとはなあ……」

嫌いと言われて初めてわかった。自分にとってリュリュがどれだけ大きな存在であるのか。あの子に本当に嫌われたらと考えるだけで気が遠くなる。

あの子は太陽だ。

すべてを明るく照らし出し、あたためる。

太陽が失われてしまえばこの世は闇。

――そうだ、すっかり忘れていた。

リュリュと出会うまで、ユーリはずっと無味乾燥な生活を送っていた。

始めからそうであったわけではない。下町のこぢんまりした家で暮らしていた頃のユーリは家族を愛していたし、家族もユーリに惜しみなく愛情を注いでくれた。毎朝通学途中に見かけるパン屋の娘に淡い想いを抱いたこともある。

だが、ユーリが平民にもかかわらずテストで恐ろしいスコアを叩き出すと、そんな余裕はなくなってしまった。

何百年も前に起こった政変の結果、身分制度はなくなったが、この国では王はいまだ厳然たる権力を持っているし、貴族たちは政府の重要な位置を占めている。平等とうたいながらも貴族と平民の間には教育水準にも量刑にも格差が存在する。平民で教育に金をかけられるのは一部の富裕層だけだ。

学生の身であるにもかかわらず白亜の塔に招かれると、皆が喜んでくれた。家族も学校の先生も、近所の人たちも。

——行きたくないとは言えなかった。

白亜の塔の住民は貴族ばかりだった。優雅な立ち居振る舞いを見るだけで世間知らずのユーリは竦んでしまった。彼らはユーリにはついていけない話題で笑いさざめき、上流階級のマナーには不案内なユーリが些細《ささい》な失敗をするたびにもったいぶって眉を顰めた。時にはあからさまに蔑《さげす》むものもいた。

——怖かった。

ユーリは平民で、生まれもった才覚以外なんの後ろ盾もない。

最初のうちは周りにいる者全てが敵に見えた。必死に研究に打ち込んだ結果、それなりの地位を得られたが、誰にも目をつけられないようそつなく振る舞うだけで精一杯の日々にユーリは疲弊し、段々と人と関わり合うこと自体を忌避するようになった。

結婚を勧められることもあったが、仕事を離れてまで他人に気を使いたくない。

一人でいるのが一番気楽。

それでいいのだと信じて疑わなかったが、今思いかえすとぞっとする。

あの頃のユーリはカラッポだった。

恐ろしく孤独で空虚な日々。

だが、「リュリュが全部を変えてくれた。

リュリュが望むなら、こんなガタのきている軀など、くれてやってもいいんだが……」

それではあの子が可哀想だ。

あの子の目は曇っている。真に望むものを選びとれるよう、かつてのご主人さまたちの呪縛から解き放ってやらねばならない。

ユーリはリュリュを探して屋敷中を歩き回ったが、厨房にも庭にも求める姿はなかった。

もしやと思って屋根裏部屋にあがってみると、窓が大きく開かれており、埃っぽい空間が明るい陽光に晒《さら》されている。

屋根の上にリュリュが寝転がっていた。片腕を枕にし、こちらに背を向けて。

うっかりすると下まで転がり落ちてしまいそうな傾斜のきつさに眩暈《めまい》を覚えたユーリは近づくのを諦め、窓枠に腰掛けた。

「リュリュ」

穏やかな声で呼びかけると、ひくんと猫耳が震える。

「ごめんなさい」

弱々しい謝罪に、悄然と丸まった背中を抱きしめたくなった。

「大嫌いなんて、嘘です。本当は好き。大好き。酷いこと言ってごめんなさい」

鼻を啜る音に、リュリュが仔猫の頃、ちんしなさいと鼻をかんでやったことを思い出す。

リュリュとのどんな記憶もあたたかく、愛おしい。

「私も、すまなかった。勝手に監視して」

ユーリが謝ると、リュリュはようやく起きあがった。

「ご主人さま。もう、勝手なことしないから……宝物集めるのも我慢するから、これからもご主人さまの傍にいさせてください。お願いします」

不安そうに震える耳を伏せたまま頭を下げられ、ユーリはおいでと片手を伸ばす。

「――ねえ、リュリュ。覚えているかな？　君を引き取った時、この屋敷がどんなだったか」

リュリュが来るまでこの屋敷は生活の場ではなかった。

仕事に追われるユーリは日々のほとんどを白亜の塔で過ごし、帰宅することは滅多にない。せっかくもらったものの手を入れる気力も時間もなく放置された屋敷は寒々しく、とてもくつろげる場所ではなかった。

「ん。——お城みたいに綺麗だったけれど、部屋の半分は空っぽでなんにもなかったですよね。食料庫にはクラッカー、冷蔵庫にはワインとひからびたチーズしかなくて、ヴァーノンにミルクとサンドイッチを買ってきてもらった……」

新品同様ぴかぴかのダイニングテーブルで、リュリュと向き合ってサンドイッチを齧った。あたためたかったけれど、調理器具の使い方がわからず、冷たいまま飲んだミルクは甘かった。

「そうだ。今思い出すとぞっとするな。なんて潤いのない生活を送っていたんだろうって。でも、リュリュのお陰で私は変わることができた」

衝動的にリュリュを連れて帰ってしまった時、本当は少し後悔していた。幼児の世話を焼く余裕などないのに、なにをしているんだろう、私は、と。

けれども、リュリュは幼児と思えないほど頭がよく、一人で留守番することさえできた。おかげでユーリは余裕を持って生活をシフトすることができた。そして、仔猫を愛《め》で育てる日々は喜びに満ちていた。

——ごしゅじんさま、だいすき。

抱きしめてやるたび、リュリュは弾けるような笑い声をあげる。

リュリュといると、生きているという感じがした。仕事でどんなに厭なことがあっても、リュリュのためだと思えば耐えられた。毎日がしあわせで、充実していた。

「リュリュがいてくれなければ、私の人生はもっとつまらないものになっていただろうね。リュリュにはとても感謝しているんだ」

「ご主人さま……！」

リュリュがふるりと身震いする。

ようやく手の届く距離まで近づいてきたので鼻先をつついてやると、ユーリの肩口にそっと頭が擦り寄せられた。

仔猫のような仕草に愛おしさが募る。

だから。

ユーリは青空を分断する鉄骨を見上げた。

「だからこそ、君には幸せになって欲しい」

「ご主人さま」

「その呼び方は止めなさい。私は合成獣計画の連中とは違う。主として君を使役する気はない」

「じゃ……じゃあ、ユーリ、さま……？」

ざわり、と。

リュリュの柔らかな声がユーリの名を紡いだ瞬間、膚が粟立った。

実験体であった頃の刷り込みを切り離して欲しい。ただそれだけを望んでの言葉だったのに、ユーリさまと呼ばれた瞬間、なにかが変わってしまったような気がした。

「？　俺、なにか間違った？　どうして赤くなるんですか？」

「いや……」

失敗した。

ユーリは秘かに狼狽《ろうばい》する。

呼び方というものは、関係性の象徴だ。

一語違っただけで、まるでずっとかけていた色眼鏡を外したかのように世界が違って見えた。リュリュがこれまでとは違う、別の存在のように目に映る。そんなことがあるわけないのに。

ユーリは小さく咳《せき》払いして、気を取りなおした。何事もなかったかのように続ける。

「なんだか照れくさかっただけだよ。君はどうしてもご主人さまと呼ぶのをやめてくれなかったから」

「だって俺はご主人さまに支配されたかったんだもの」

肩口にぐりぐりと頭が擦りつけられる。

「これからは自分自身のために生きることを考えなさい。私もそのために努力する」

「でも」

「時々思うんだ。もし私が死んだら、リュリュはどうなるんだろうって」

リュリュの背筋が伸びた。

「そんなこと言うのはやめて欲しいんですけど……！」

「だが、君は私よりずっと若い。きっと私の方が先に死ぬことになる。そうしたら君はひとりぼっちだ」

太陽の光が燦々と降り注ぐ屋根の上、リュリュは愕然《がくぜん》とした顔をしている。現在が永遠に続くと思っていたのだろう。少し前のユーリと同じように。

「ニンゲンではないとはいえ、君はあらゆることに優れている。私のようなくたびれた男に尽くすだけではもったいないよ。もっと広い世界を得て、人生を共に歩める相手を探した方がいい。そうできるようにいつかするから、一緒に頑張ろう」

リュリュは納得したようには見えなかった。なにか反論したいけれど、なにを言ったらいいのかわからない――そんな顔をしている。

「さて、下に下りようか。ヴァーノンに大分食い荒らされてしまったが、エクレールを食べよう」

「俺は！」

唐突に言葉を発したリュリュがユーリの腕を掴んだ。

「うん？」

「俺はなにができるようになっても、ご主人さまの傍を離れる気はないです」

「リュリュ」

「だって、好きなんだもの」

「リュリュ、私は男なんだぞ？　おまけに君よりうんと年寄りだ」

「そんなの関係ありません」

「リュリュ」

少し声を大きくすると、リュリュは色の薄い唇を子供のように尖らせた。

「でも、ご主人さま。もし、普通の子に生まれついたとしても――最初から周りに女の子がいっぱいいたとしても、俺は絶対ご主人さまに恋してたと思うんです」

「どうかな」

気のない返事にリュリュは眉を上げる。

「だってご主人さま、優しいし。初めて会った時、俺、汚くて酷い匂いさせてたのに、ご主人さま、厭な顔ひとつしなかった」

「いたいけな仔猫が吐瀉物にまみれて泣いていたら、誰だって優しくするさ」

「それに、俺をだっこしてくれた。シセツでもね、ご主人さまたちがだっこしてくれることはあったんだけど、綺麗な白い子だけだったんです。俺はこんな変な毛色だから一度もしてもらえなくて。ご主人さまが抱き上げてくれたの、嬉しかったなあ……」

切なげに微笑むリュリュに胸が詰まった。

抱きしめたいという衝動を殺し、ユーリは目を逸らす。

「ヴァーノンだって君をだっこしてくれただろう？」

はぐらかし続けたせいだろう、リュリュの目が苛立たしげに細められた。

「それからご主人さま、時々髪を掻き上げるでしょう？　ちらりと見えるここのライン、俺、すごく色っぽくて好き」

長い灰色の髪の下に忍び込んだ指にうなじを撫でられ、ユーリは身を竦めた。

「こら。さっきご主人さまと呼ぶなと言ったばかりだろう？」

ユーリさまと呼ばれずに済んでほっとしたことなどおくびにも出さず、ユーリはリュリュを窘める。だが、リュリュはきれいに無視した。

「それから目尻に皺を寄せて笑む顔も、寝起きが悪くて、起き上がってからもしばらくぼーっとしているところなんかもすごく可愛い」

気がつくと、腰にリュリュの両腕が回されていた。

「――ねえ、ご主人さま。俺、もう子供じゃないんだよ？」

じいっとユーリを見つめるリュリュは真剣な顔をしている。

同じように座っているのに目線の高さが違う、大きな軀。逃すまいとユーリを捕らえている手ですら出会った頃とはまるで違っていて、力強い。

リュリュが幼かった頃には感じたことのなかった緊張を覚えたが無視し、ユーリは淡く微笑んだ。

「毎日顔を合わせているんだ。知っているよ」

頭を撫でてやる。いつもは喜んで目を細めるのにどうしてだろう、リュリュの眉間には皺が寄るばかりだ。

+　　+　　+

「お久しぶりです、ユーリさま。お目にかかれて嬉しいわ」

「わざわざ来てもらってすまないね、パメラ。しばらく会わないうちに一段と綺麗になっていて驚いたよ」

珍しくタイまできちんと締め、貴族らしい上等な衣装で身を包んだヴァーノンが誇らしげに頷く。その傍《かたわ》らには、ペパーミントグリーンの清楚《せいそ》なドレスに身を包んだパメラがはにかんでいた。兄と同じく量が多く膨らみやすい髪を編み込み、初々しくまとめている。うら若い女性の存在に、見慣れた居間まで華やいでいるようだ。

「ヴァーノン、どのくらい話をしてあるのかな？」

「全部だ」

「お客さまをもてなすお手伝いをすればいいんですよね。ユーリさまの秘密の養い子についてもうかがっています」

もうしばらく経ったら、別の来客がある予定だった。相手はヴァーノンのように気の置けない関係にはない貴族だ。さすがに自分で茶を淹《い》れて供するわけにはいかない。だがユーリの屋敷には使用人の一人もいないし、リュリュは人前に出せない。どうしようか迷っていたら、ヴァーノンがいい機会だと、妹を連れてきてくれることになった。

貴族の家では、賓客は女主人がもてなすものらしい。

もとよりヴァーノンも立ち会う予定になっていた。妹が女主人役を務めてもおかしくはない。

「あの子はこの屋敷から出たことがないんだよ。特に女性とは接したことがないから、君が友達になってくれると嬉しい。それから彼のことは、誰にも言わないと約束してくれないか」

「私、ユーリさまの立場を悪くするようなことは決して口外しません」

「……ありがとう」

ユーリが淡く微笑むと、パメラの目元に紅が差した。

「で、当のリュリュはどこにいるんだ？」

勝手に厨房を覗きに行っていたヴァーノンが戻ってくる。さっきまでせっせと客を迎える準備をしていたのに、リュリュの姿は消えてしまっていた。

「そろそろ来ると言っておいたんだが」

開かれた厨房の扉の中を見たパメラが、まあと感嘆の溜息をつく。テーブルの上には数種類の茶葉の缶がならび、午前中に焼いた菓子が粗熱を取るために広げてあった。リュリュが客を迎えるために用意したものだ。

「これ、全部その方が？」

「ああ、リュリュは菓子作りが得意なんだよ」

照れ臭そうにユーリが目尻に皺を刻む。

パメラはリュリュの腕前にすっかり圧倒されてしまったらしい。すこし口惜しそうに何種類もある菓子を見渡している。

そうしているうちにようやくリュリュが現れた。

扉を開けてユーリを見るなり、大きく目を見開いて足を止めてしまう。

「ご主人さま、かっこいいです……！」

ユーリも今日は客を迎えるため、ダークスーツに袖を通し、きちんとタイを締めていた。いつもは適当に束ねているだけの髪も、丁寧に梳《す》いてうなじでまとめている。

「どこへ行っていたんだい、リュリュ」

「飾りつけに使おうと思って、ブルーベリーを採ってきたんです」

「ブルーベリー？」

パメラの声に、リュリュの耳がひくんと震えた。

「ああ、庭で育てているんだよ。リュリュが来た年からね」

「ブルーベリーなんて、摘まれたものしか見たことないわ。後で見せていただけない？」

「リュリュに案内させよう」

見知らぬ女性に緊張したのかリュリュの表情は硬い。

「まずは紹介しよう、パメラ。リュリュだ。君より二歳年下になる。わからないことがあったら、なんでも聞いてくれ」

リュリュが黙って頭を下げる。リュリュは細身のスラックスに白いシャツを合わせ、その上からエプロンをつけていた。膝上までしかない代わりに巻きスカートのように腰回りを一回転半するエプロンの下には尻尾が隠されている。

万一客に会ってしまったとしても異形と気づかれないための用心だ。

頭にはフェルトの帽子を被っていた。頭頂部が凹《へこ》んでいて、左右が猫の耳のように突きだしている。子供っぽいデザインだが、猫耳が圧迫されない形状なので楽らしい。

「リュリュ、こちらはパメラ。年が近いから話があうんじゃないかな。彼女になにかあったらヴァーノンが黙っていないから、丁重に扱うように」

「よろしく、リュリュ」

スカートを摘みパメラが優美に挨拶する。パメラも緊張しているのか、澄まし顔だ。

「まず、私はなにをお手伝いすればいいのかしら」

「……別に。準備は俺が済ませるし」

ぶっきらぼうなリュリュに苦笑し、ユーリは厨房内を見渡した。

「どのティーセットを使うか選ぶのを手伝ってもらったらどうだ？　客用の居間がどこにあるのかも、先に教えた方がいい」

「……では、こちらに」

仮面のような無表情を顔に貼りつけ、リュリュはパメラをカップボードの前に案内する。何種類もあるティーセットを見せ始めると、ユーリはヴァーノンと共に居間に戻った。

二人きりの方が話しやすいだろうと、扉を閉める。

「パメラを連れてきてくれて、ありがとうヴァーノン」

客が来るまでまだ時間がある。ユーリは忘れる前にと、用意しておいた秘蔵のワインボトルをヴァーノンに差し出した。

「まあ、こんなことを任せられるような人材が他に思いつかなかったからな」

「そうだが、ヴァーノンが許可するとは思わなかったよ」

「なんでだ？」

「リュリュは非の打ちどころのない、いい男だから」

パメラはしっかりした子だが、好きになってしまうかもしれない。

ヴァーノンは笑った。

「大丈夫だ。パメラがリュリュを好きになるなんてことはない」

「おや、わからないぞ。私たちはもう見慣れてしまったが、リュリュほどの美形は滅多にいない」

「相変わらずの盲目ぶりだな！　まあ、リュリュがいい男なのは確かだが、本当に心配はいらないさ。それより、博士こそいいのか？　リュリュがパメラに惚れてしまう可能性もあるんだぞ？　俺の妹は俺に似ず美人だからな！」

数度瞬き、ユーリは何事もなかったかのように微笑んだ。

「いいに決まっているだろう？　たとえ成就しないにしても、それは健全な恋だ」

「博士その言い方は——と、静かに」

ヴァーノンが口元に人差し指を立てるのを見て、ユーリは口を閉ざした。

静かになると、厨房の方からかすかに声が聞こえてくる。リュリュとパメラが言い争っているようだ。

ユーリとヴァーノンは同時に立ち上がった。急いで扉を開けると、二人が剣呑な様子で向き合っている。熱くなるあまり、ユーリとヴァーノンに気づいていない。

「あのさ、ご主人さまを誘惑するの、やめてくれない？　全然脈ないから。——あ、菓子はそっちの陶器を使って」

「お子さまがよく言うわ。さっきのあなたの態度ときたら、拗《す》ねてますと言わんばかり。ユーリさまを独占したいようだけど、呆れられて遠ざけられる日もそう遠くないわね。——こんな感じでいい？」

「お生憎さま、ご主人さまは俺を一番に愛してるんだから！　——茶葉はまず、これを使おうと思うんだけど、変じゃないよね」

「愛してる？　あなたそれ、本気で言っているの？　あなたはニンゲンですらないのに。それ以前に、あなたもユーリさまも男性でしょう？」

口論しつつも休むことなく動いていたリュリュが手を止め、口惜しそうに唇を噛みしめた。

「ねえ、あなた。ユーリさまに大事にされてるからって、勘違いしているんじゃない？　いい？　ユーリさまはこの国では特別な存在なの。ユーリさまはね、市井にあった頃から天才という呼び声も高くて、異例の若さで白亜の塔に迎え入れられたのよ？　貴族でこそないけれど、数々の素晴らしい実績を上げてきて、平民としては数百年ぶりに叙爵されるんじゃないかって噂まであるわ。平民にとってユーリさまは輝ける星だし、教会の覚えもめでたく、政府や王にも顔が利く上、高位貴族にも何人も友達がいる。そんな人、貴族でもそうそういないの。だから、多くの方がユーリさまを望んでいるのよ？　私も他の方々も、財や人脈など更に多くの力をユーリさまにもたらすことができるわ。でも、あなたは違う」

リュリュの耳と尻尾が悄然と項垂れた。

「俺ではご主人さまになにも与えられないと——？」

パメラの唇が弓なりにたわむ。

「……でも……！　ご主人さまは俺のおかげで変われたって言ってくれた……。毎日俺の作ったご飯を食べてくださってるし、キスだって……」

「え、博士、リュリュにキスなんかしてやっているのか？」

一緒に傍観していたヴァーノンがぼそりと呟くと、聞こえたのだろう、パメラとリュリュが瞬時にこちらを振り返った。

「……額にならよくしているかな。唇には、君も見ていたあの時だけだったと思うよ」

唇を触れ合わせるだけの無垢な接吻。

幼いリュリュがはにかむ姿は最高に可愛らしかった。

野バラが描かれたカップを手に取ったパメラが、リュリュに冷たい目を向ける。

「ふうん、そう。なら、悪いけれど私はユーリさまと結婚の約束までしているわよ？」

「……嘘……」

縋《すが》るような眼差しがユーリへと向けられた。

「嘘ですよね？　ご主人さま……」

おろおろする姿に、思わず微笑む。

――こんな美人を前にして、リュリュはまだそんな心配をするのか。

パメラを呼ぶという話が出た時、ユーリは秘かに懸念していたのだ。リュリュが初めて見る女性にどんな反応を示すのだろうかと。

一目惚れでもしてくれた方が余程いいはずなのに、変わらない執着にほっとする。

「なんだよ、結婚の約束って」

ヴァーノンが肘で脇腹をつついてくる。

「さあ……。ああ、そういえば、大きくなったらお嫁さんにして欲しいと言われたことがあったな。ぜひと返事はしたが、彼女がまだほんの子供だった頃の話だぞ？」

「あー……」

ヴァーノンが遠い目をして唸《うな》り、リュリュがほっとした顔をする。むっとしたパメラがなおもなにか言い募ろうとした時、来客を知らせる電子音が鳴った。

リュリュが大股に部屋を横切り、モニターをオンにする。

目が覚めるような美少女の姿が現れた。

どうしてこんな子が自分の屋敷にと考えかけ、客が秘書を同伴すると言っていたのを思い出す。その通り、ハスキーな声が子爵《ヴィコント》の到着を告げた。

ユーリはタイを締め直しながら、音声だけで応答する。

ヴァーノンと共に玄関に向かおうとして、ふと気がつくと、リュリュがまだモニターの前に立っていた。壁に手を突き、顔を近づけて、モニターに映る美少女を凝視している。

――なんだ……？

気になったが客を待たせるわけにはいかない。ユーリは天井の装飾が反射するほど磨き込まれた廊下を踏み、玄関ホールへと抜けた。

ヴァーノンが扉を開けると、まず神経質そうな目つきをした痩身の男が入ってくる。

「ごきげんよう。ようやくお会いできましたな、博士」

ステッキの石突きがかつんと硬質な音を立てた。

顋を引くようにして傲慢な挨拶をしたこの男はビセンテ・ツァラ子爵。

変わり者だがいくつもの事業を興して成功しており、現在更なる発展のために白亜の塔が保有する技術を欲している。

普通ならそういった方面のことは事務方に任せユーリが出張ったりはしないのだが、今回の計画《プロジェ》は大きく、是非会いたいと言われれば拒否できなかった。会って、直接意見の擦り合わせをしておきたかったということもある。

次いで入ってきた秘書に、ユーリの目は釘付けになった。

いかにも秘書らしい、光沢のあるグレイのスーツに身を包んだ少女は、モニタ越しに見る倍も美しかった。

腰まであるミルクホワイトの髪をハーフアップにし、東洋風の簪《かんざし》で留めている。動く度に瑠璃色の釉薬《ゆうやく》がとろりとした光沢を放っていた。じいっと見つめてくる大きな瞳はストロベリーキャンディのように甘そうだ。

「ツァラ子爵の秘書を務めております、ガブリエルと申します」

小さく会釈してきた少女に、ユーリは努力して口角を上げた。

「我が家へようこそ。どうぞ、こちらに」

いつも使っているのとは別の、客用の居間に案内しようと踵を返して、はっとする。二階から見下ろせるようになっている吹き抜けになった玄関ホールで、なにかがちらりと動いた。

あの青いラインの入った白は、リュリュの被っていた帽子の色だ。

厨房にいるはずのリュリュがわざわざ玄関ホールを覗いている？

なぜだろう。

もしかして、この美しい秘書を見るためだろうか。さっきもリュリュはモニターを一生懸命見ていた。

——こういう子が好みだったのだろうか。

子爵と当たり障りのない言葉を交わしながら廊下を歩く。

大した意味などない会話は本題に入る前の前哨戦《ぜんしょうせん》のようなもので、そう気を張る必要はない。だが、ユーリはこっそり掌に爪を食い込ませた。

なんだかふわふわして、地に足がつかない。

言葉は右から左へと通り過ぎていってしまい、全然頭に残らなかった。会話に集中できないなんて事態は初めてで、ユーリは動揺する。

おかしい。さっきまではいつもと変わらなかったのに、どうしてこんなにも注意力散漫になってしまったのだろう。

「政府から屋敷を支給されたとは聞いていたが、なるほど、牢獄《ろうごく》のような家だな」

勧めたソファを無視して窓辺に立った子爵が嘯《うそぶ》いた。

不吉なほどくっきりと子爵のシルエットが浮かび上がっている。曇天のせいだろう、室内はあまり明るくなく、外光を背にした子爵の表情を見て取ることすら難しい。

無礼な物言いにヴァーノンが顔を顰めるが、ユーリはこういう扱いに慣れている。

「見た目は無骨ですが、おかげでテロや犯罪の脅威にさらされることなく済んでいます」

「反教会派に他国の密偵、か。いいように祭り上げられて矢面に立たされて、ご苦労なことだな。ああ、だが、かつて合成獣計画の残党に押し入られたことがあるのだったか」

「……よくそんな話をご存じでしたね」

　リュリュを引き取ってすぐの話である。

「不思議に思ったからな。彼らがなぜ君の私邸を狙ったのか。当時からここの威容は有名だった。移動中ではなく、わざわざ守りの硬いこの屋敷を狙ったのは、君の命以外になにか目的があったのではないかね？」

　他の目的――リュリュ。

　ユーリは内心を覆い隠すため、柔らかな笑みを浮かべる。

「私は家でも仕事をしていましたから、重要な情報があると思ったのかもしれませんね」

　パメラがしずしずと紅茶と菓子を運んできて皆に振る舞った。素晴らしい香気が室内に広がる。

「この家は静かだな」

　ぽつりと呟いた子爵はようやく窓辺を離れると、優美な所作で腰を下ろした。

「ミルクを」

　もてなしをうけるさまはまるで王様のようだ。

　不遜《ふそん》な態度に傲岸な物言い。

話題は最新の国際情勢から、現在共同で進めようとしている事業のことまでくるくる変わった。気まぐれに話を飛ばす子爵にヴァーノンは面食らっていたし、パメラに至っては半分も理解できていなかったようだ。ガブリエルだけは猫背の主の言動に慣れているらしく、平然としている。

そつなく受け答えしつつも、ユーリは上の空だった。

ただ会話するだけのことがこんなにも難しく思えたことはない。

心を乱すユーリを、子爵はにこりともせず見つめている。まるで、内心まで見透かそうとするかのように。

＋　＋　＋

「彼女の名はガブリエル。家名はない。孤児で、四歳の時に子爵に引き取られた。十六、七歳にしか見えなかったが、十九歳になるはずだ。三年ほど前から子爵が秘書として連れ歩くようになった。仕事が休みの日でもあまり出歩いたりしないらしくて多くの情報は得られなかったが、万事に控えめでおとなしい性格らしいぞ」

ヴァーノンの太い指がタブレットの画面をスライドするさまを、ユーリは奇妙に虚ろな気分で眺めた。テラスに据えられたテーブルでは、あたたかな紅茶が湯気をあげている。外は雨模様のようだが、ドームに覆われたこの屋敷には関係ない。いつでも屋外でティータイムを楽しめる。

「孤児か。生家はわかっているのか？」

「不明だな。あちこち探りを入れてみたが、誰も知らなかった。知っているとしたら、子爵だけだろう。あまりいい出自ではないという噂もある」

あの日。

子爵が帰ってすぐ、ユーリはヴァーノンに秘書についての情報を集めてくれるよう依頼した。頑なにユーリ以外いらないと言い張っていたリュリュが興味を示したのだ、できれば会わせてやりたい。それがリュリュの運命を変えたユーリの務めだ。

「どんな生まれであろうと、それは彼女の責任ではないのだし、問題にはならないだろう」

「なら、なぜそんな厭な顔をするんだ？」

にやにやされ、ユーリは片手で顔を押さえる。

「別に厭な顔などしていない……」

「珍しいよな。いつもにこにこしている博士がむすっとしてるなんて。リュリュが他に興味を移してくれるなら、万々歳なんじゃないのか？」

「そうだが、なんだか……」

なんだろう、この気持ちは。

すこし考え込み、ユーリは答えを見つける。

「娘を嫁にやるような気分なんだ……」

きっとリュリュを取られるのが厭なだけ。親の立場に立った者なら誰でも思うことで、別に特別な感情があるわけじゃない。

「気が早いな！　まだ当人を引き合わせられるかどうかもわからないし、彼女がリュリュを気に入るかどうかもわからないんだぞ？」

「だが、リュリュだぞ。もし会えれば、絶対に好きになるに決まってる」

とびきり整った造作の顔をもつ私の息子。

星の運行と同じくらい確実に予見される未来を、ヴァーノンは面白い冗談でも聞いたかのように笑いとばした。

「一体どこから来るんだ、その自信は。この親ばかめ」

「君だってシスコンのくせに」

力ない反撃に、分厚い肩が竦められる。

「リュリュと彼女を会わせることができると思うか？」

ヴァーノンの太い指が優しくタブレットの表面を撫でた。

「彼女は最近、ある菓子屋《パティスリー》のデセールがお気に入りだそうだ。二日に一度は買いにゆく。三の鐘が鳴ってから四の鐘が鳴るまでの間に」

「そうか……。リュリュに買いに行かせてみればいいかな……？」

ユーリは姿勢を正すと、両手を組み合わせて膝の上に置いた。枯れ枝めいた己の手をじっと見つめる。

これでいい。

リュリュは正しい恋を手に入れ、ユーリは手の掛かる子供から解放される。リュリュと過ごすためセーブしていた研究に全力をそそげるようになるし、自分のことに時間を使える。いいことずくめだ。

——ほんのすこし、淋しくなってしまう以外は。

＋　＋　＋

翌日、ユーリは昼食のテーブルに、若者に人気だというブランドの財布を置いた。

「……ご主人さま。なんですか、これ」

コップにミルクを注ぎながら、リュリュが怪訝そうな声を発する。財布の中にはそれなりの金額が入れられていた。

「リュリュにお使いを頼みたいんだよ。最近、王都で話題の菓子屋がある。マカロンがおいしいらしい」

「お使い？　通販でなく？　外に出てもいいんですか？」

「帽子があるし、尻尾も上手に隠せていたとパメラに聞いたからね。お金の使い方はわかるだろう？」

「わかりますけれど……本当にお使いが目的なんですか？」

疑り深い視線から逃げるようにユーリは目を逸らす。

鋭い。

だが、ガブリエルとの出会いをお膳立てしようとしていると正直に言ったら、リュリュはきっと臍《へそ》を曲げてしまう。

「そうだよ。リュリュも外の世界のことを知った方がいいと思ってね。行ってくるだけでも、色々勉強になるんじゃないかな」

リュリュはしばらく黙ってユーリの顔を見つめていたが、やがて頷いた。

「わかりました。行ってきます」

食事が終わると、ユーリはタイミングを見計らってリュリュを送り出した。

帰ってくるまでの間に仕事でも進めようと、老眼鏡をかけて端末に向かう。最近ではリュリュに任せることも多い雑務の現状を確認しようとすると、ぽこんとコミカルな音を立ててポップアップウインドウが弾けた。

どうやら作業しやすいよう、リュリュがシステムをカスタマイズしていたらしい。変更点や使用方法がまとめられている。

なんてできる子なんだろう。

誇らしいのに気持ちが沈む。ユーリは老眼鏡を外すと、デスクに突っ伏して、リュリュが彼女を射止めた時のことを考えた。

リュリュは社会生活を営めない。ガブリエルをこの屋敷に迎えられるよう、まずは子爵を説得しなければならない。ガブリエルは綺麗だから渋るかもしれないがリュリュのためだ。幸いこの年までろくに遊びもせずためこんできた給金がかなりの額になっている。子爵にどんな代価を要求されてもきっとなんとかなる。そして子爵はガブリエルの雇用主で貴族だ。契約を解除しないまま命令されれば、ガブリエルは拒否できない。

秘密は屋敷に迎え入れてから明かす。もし、たかが猫耳がついているくらいのことでリュリュを拒否しようとしたらと思うと不安に駆られるが、自分がなんとかすればいいと思い切る。

大丈夫、なんとでもなる。金で買えるものならなんでも与えてあげられるし、子爵以外後ろ盾のない孤児ならば、説得もそう難しくないだろう。もしうまくいかなかったら――。

ユーリは起きあがると、神経質な仕草でこめかみを揉《も》んだ。

彼女をこの屋敷から出さないことだって、自分にならできる。

秘密が外に漏れたら、リュリュの身の安全が危うくなるのだ。リュリュを危険にさらすわけにはいかない。あの子を守るためなら、ユーリはなんだってする。

でも、きっとそんな不穏な手段をとる必要はないだろう。リュリュが好きになったひとがリュリュを好きにならないわけがない。ガブリエルもきっとリュリュに恋をする。

三人で食卓を囲む図が容易に想像できた。

ユーリにしたように、リュリュはコンフィチュールの瓶を取ったり、手に着いたバターを拭《ぬぐ》ってやったりと、甲斐甲斐《かいがい》しくガブリエルの面倒を見てやるのだろう。

結婚したばかりの同僚夫婦と食事を共にした時のことを思い出す。

ひっきりなしに交わされる熱の籠もった視線。親しげな仕草。

とても微笑ましかった。でも、疎外感を覚えた。

二人がしあわせそうであればあるだけ、自分は独りなのだと強く感じた。

小さなアラームが鳴る。発信元を確認してからキーを押すと通信が繋《つな》がった。

『よう、生きているか?』

ヴァーノンの人を食ったような音声に、つっぷしたまま顔だけを横に向ける。後ろで結った髪の生え際が引っ張られ小さな痛みが生まれた。

「なんの用だ？　ヴァーノン」

『今、例の菓子屋の前にある喫茶店にいる』

「……なに？」

　ユーリはむくりと起きあがる。ヴァーノンのことである。面白がって張り込んだに違いない。

『リュリュとガブリエル、うまいこと店の前ではち合わせしたぞ』

「それで、どうなった？」

『やっぱり男だな。リュリュのやつ、躊躇《ためら》いもせず話しかけていた。緊張しすぎておっかない顔になっていたがな』

「……そうか……」

　壁面を埋める機器が発するごく小さな音がやけに耳につく。

　そうか……よかった。

　どうしてだろう、鼓動が速い。どくんどくんと頭の中まで脈打っているようだ。

『ガブリエルの方もまんざらでもないようだったぞ。自分から店の横の路地にリュリュを引っ張っていった。追跡したかったが、そこまでしたら見つかっちまいそうだからな。一体なにしてんのか、気になるなー』

──聞きたくない。

通信機器を叩き壊してしまいたくなった。

「ヴァーノン、すまないが取り込み中なんだ。もう切るぞ」

『え。博士⁉』

強制的に通信を切り、ユーリは深い溜息をつく。回線が切られる瞬間に生まれた雑音《ノイズ》がやけに耳の底に残った。

ユーリはシステムを落としもせず、外に出る。空を区切る鉄骨を見上げると、定期的に磨き上げられるシールドの向こうに、ユーリの気持ちと同じく、はっきりしない薄雲が広がっていた。

仕事に戻る気になれず、思い思いに枝を伸ばす庭木に歩み寄る。リュリュがこまめに手を入れてくれているおかげで、どの木も元気だ。

三本あるブルーベリーには、ピンクや紫の実がびっしりついている。ユーリは周囲に少しだけ生えていた雑草を抜いた。ずっと座り仕事をしていたせいだろうか、たったそれだけで軋《きし》む腰にやるせない気分になる。

ここにいると、幼い頃のリュリュがくすくすと笑う声が聞こえてくるような気がした。

年を取ると、時々無性に感傷的になってしまって困る。

この苗は、リュリュと暮らし始めた時に買った。菜園の植物のほとんどがそうだ。それまでは庭師に任せっきりで、どこにどんな花が植えられているのかすら知らなかった。

リュリュと一緒に欲しい苗をリストアップし、一緒に植え込みを行った。リュリュは小さなおもちゃのスコップを手に、顔まで泥だらけにして手伝ってくれた。花が咲くと手を引いて教えてくれ、果実が実れば、満面の笑みを浮かべて喜んだ。

――だが、きっともう二度とあんなしあわせな時を味わえることはない。

「ただいま、ご主人さま」

――淋しい。

淋しくて淋しくて、たまらない。

「菓子、買ってきましたよ。本当に人気店なんですね。随分並びました。その代わりに、ドラジェをおまけしてくれましたけれど」

草を踏む足音が近づいてくる。

背後からふわりと抱きしめられ、息が詰まった。

久しぶりに感じる淡い体温の愛おしさに、心臓が壊れそうになる。

ユーリはかろうじて取り繕い、微笑んだ。

「では、お茶にしようか。初めての外出の感想もじっくり聞きたい」

「別に感想を言うほどのことなんてないです。行って帰ってきただけだし」

――え？

ユーリは眉根を寄せた。

「本当にそれだけ……？」

「どうしてそんなことを聞くんですか」

「いや……」

リュリュはユーリにガブリエルのことを話してくれる気はないらしい。

別に、かまわない。ユーリだって父親に女友達とのことを全部打ち明けたりはしなかった。これくらいの年齢の男だったら当然のことだ。期待する方がおかしい。

「さて、放してくれないか、リュリュ。お茶を入れて、買ってきてもらったマカロンがどれほどおいしいか、確かめよう」

「俺が作った菓子の方がおいしかったらどうしますか？　ご主人さま」

「そうしたら、リュリュに出資するよ。王都の一等地に菓子屋を建ててあげる」

ぽんぽんと手の甲を叩いて腕を緩めさせると、ユーリはゆっくりと立ち上がった。リュリュは膝が汚れるのも気にせず地面に膝を突いたまま、ユーリを見上げている。表情豊かな耳は帽子に、尻尾はウエストバッグの中にしまわれており見えない。

そうしていると、リュリュはごく普通の青年のように見えた。

――この子はもう、私の助けなど必要ないのかもしれない。

ぎゅっと掌を握りしめ、ユーリは屋敷へと歩き出す。

新しい紅茶の缶を開け、二人で焦げ茶色の化粧箱に綺麗に並べられていた菓子を摘む。

メディアで絶賛されていたマカロンはカラフルで、胸焼けしそうなほど甘かった。

＋　＋　＋

昇降機を出るなり目の前に広い空間が開ける。

三フロア分の高さがある天井まで届く窓から差し込む日差しが眩しい。不必要なほど広がる白い床にはやはり白い椅子とテーブルが点在している。中心部には喫茶店《カフェ》があり、エスプレッソの香ばしい香りが鼻をくすぐった。

テーブルのひとつで、ヴァーノンが手を振っている。ユーリは軽く手を翳してみせると、エスプレッソを買ってからヴァーノンの向かいの席に腰を下ろした。

ここは、白亜の塔の中だ。関係者以外は立ち入れない上、いつも空いているので、身辺に気を配ることなく気軽に利用できる。

「待たせてすまない」

ヴァーノンがいじっていたタブレットをスリープモードに切り替えた。

「おう、待った待った。どうした、今日は部下の面談だけじゃなかったのか？」

「その予定だったんだけれど、所長に呼び出されてね。白亜の塔五百年記念誌の編纂《へんさん》を依頼された」

「アルノーとイヴォンが奪い合っていた奴か。名誉ではあるがそんなに抱え込んで大丈夫か？」

「その場でアンリを推薦した。ついでにアルノーとイヴォンの研究室にも顔を出して挨拶してきたよ。アンリへのご指導ご鞭撻《べんたつ》のほど、よろしくお願いしますとね。アルノーにはこれだから序列というものがわかっていない平民はといやみを言われたけれど、まあ、私はばかな平民で貴族の暗黙の了解というものを知らないのだから、仕方がない」

白亜の塔に迎え入れられた当初、平民であったユーリは貴族の反感を買わないよう振舞うのに必死だった。人畜無害そうな外見と、数人の高位貴族の知己を得たおかげでなんとか今日までやってこられたが、いまだに『無知な平民』であることを利用される。

「博士に話を持ってきたのは、争いを丸くおさめるためか。あの狸爺《たぬきじじい》、いいように博士を利用しやがって」

「私は構わないよ。アンリは感謝してくれた。イヴォンも家格の問題で譲るわけにはいかなかったらしい。ほっとしたと言ってくれたよ。――それで、話というのはなにかな？」

今日、ユーリがここに足を運んだのは、ヴァーノンに屋敷以外の場所で話をしたいと言われたからだった。

「ああ、その……博士はパメラをどう思ってんのかと思って」

テーブルの上で両手を組み合わせたヴァーノンが、ちらちらとユーリを盗み見る。

「どう、とは？」

「いや、この間の一件でパメラの気持ちがわかっただろう？」

「え？」

「え、じゃなくて。リュリュとパメラ、あからさまに博士を取り合っていたじゃないか」

「あれは売り言葉に買い言葉みたいなものだったんじゃないのか？」

ヴァーノンの顔から表情が消えた。普段表情豊かな男なだけに、真顔になられると怖いものがある。

「待ってくれ、ヴァーノン。よく考えろ。私は彼女より二回り以上も年上なんだぞ？」

深々と溜息をつかれ、ユーリは蒼褪めた。

「……まさか、あれはすべて本心だったのかい……？」

「博士が鈍いのは知っていたが……ああ言われてもこういう反応をするとは思わなかったな」

どうやら冗談ではないらしい。ということは、パメラに対してとんでもない失礼を働いてしまったことになる。

「いや、すまなかった。その、パメラはたいへん聡明だし、魅力的だとは思うが」

「だめか」

ユーリは力なく微笑んだ。

「子供の頃から知っているからね。異性として見られそうにない。それに、私に彼女はもったいないよ」

「残念だ」

ユーリは砂糖壷を引き寄せると、小さなカップに角砂糖を二つ落とす。

「ヴァーノンは知っていたのか？　パメラが私をその、そういう風に思っていたことを」

「ああ。ずいぶん前から知っていた」

「……驚いたな」

ヴァーノンたちは貴族だ。平民との恋は公には問題ないことになっているが、現実には醜聞に等しい。

「おいおい、博士がその辺の平民と同じ扱いなわけがないだろう？　俺も博士なら文句はない」

「ヴァーノン、正気かい？　彼女と私の年が一体何歳離れているか、わかってるのか？」

「わかっているが、仕方ない」

「仕方がない……？」

「ああ。俺は誰より博士の人となりを知っているからな」

「あー、ありがとうと言うべきなのかな……？」

「どうだろう」

ヴァーノンはテーブルに肘をつき、複雑な笑みを浮かべた。

「ついでだから懺悔するが、俺は最初博士を侮っていた。俺が手を貸してやらなければ、貴族連中にいいように利用されるだけの、どうしようもない奴だってな。博士はなんか、ふわふわしていたから」

「……ふわふわ？」

「ああ。面倒くさい仕事を押しつけられても、他の奴らに嫌がらせされても、厭な顔ひとつしない。まるで他人事みたいに平気な顔して、言われるままどこまでも流される。吹けば飛んでしまいそうなくらい頼りない」

「酷いなあ」

スプーンでエスプレッソを掻き回す。夜のような液体の中、綺麗な正方形がほろほろと崩れてゆく。

確かにあの頃の自分は周囲に言われるまま流されるに任せていた。理不尽だとわかっていても、逆らうのが怖かったのだ。

普通に振る舞っているつもりなのに身の程知らずだと舌打ちされ、当然のように雑用を押しつけられる。誰に頼ったらいいのかすらわからず、ただひたすら手探りで周囲との関わり方を模索していた。

「誰にも逆らわないイイ子ちゃんだとばかり思っていたのに、博士は危険を冒してリュリュを連れ帰ってきた。バレないうちに廃棄した方がいいって言ってるのに従わないばかりか、ひざまずいて誰にも言わないでくれと懇願した」

ユーリは苦笑した。

ぼんやりと覚えている。リュリュを諦めるよう忠告されたことを。

だが、ユーリの足に抱きついた小さな両手は救いを求めていた。

リュリュはユーリと同じだった。ひとりぼっちで、どうしたらいいのかわからないまま、生き抜こうと足掻《あが》いている。

ユーリを助けてくれるひとはいなかったが、ユーリにはこの子を助けることができた。

大丈夫だと手を握って、恐ろしいものから身を守ってやることも、ふわふわした綿菓子のようなしあわせだけでくるんで、自分には得られなかったすべてを与えてやることも。

「どうなることかと思っていたんだが、驚いたよ。あんなに頼りなかった博士がリュリュのためにできるだけ長く屋敷にいられるようシステムを一新したり、公爵に近づいたりと、したたかに動くようになったんだからな。愛の力は素晴らしいと言うが、なかなかここまで変われるもんじゃない」

はあ、と忌々しそうに息を吐くと、ヴァーノンは黒いもさもさとした髪を掻き回した。

「博士は大事な人のためならば努力を惜しまない。――で、俺は博士に愛される奴は必ずしあわせになれるのだろうと確信するに至ったわけだ」

「はは……。それは……光栄だ」

ユーリはデザートのように甘いエスプレッソを啜る。

なんだかひどく気恥ずかしい。

ヴァーノンとは長いつきあいだが、こんな話をしたことはなかった。ヴァーノンも似たような気分なのだろう、わざとらしく咳払いする。

「そういや、ガブリエルと会った後、どうなった？　うまいこと恋愛相談に乗ってやれたのか？」

ガブリエルの名を耳にした途端、くすぐったい会話にあたためられた胸が急に冷めたくなったような気がした。


「ご主人さま、知っていますか？　先月王都に初出店したこのお店。おいしいって評判らしいです」

マカロンを買いに行かせた翌日、満面の笑みを浮かべてやってきたリュリュを、ユーリは気の抜けた表情で見返した。

目の前には、おいしそうな菓子の写真が表示されたタブレットが掲げられている。

「今日のおやつにどうかなと思うんですけれど、買いに出かけてもいいですか？」

無邪気に了解を求められ、ユーリは戸惑いながらも頷いた。

「あ……ああ……。かまわないが」

「ありがとうございます！」

支度をするために書斎を出て行くリュリュを見送ると、ユーリはタブレットを引き寄せる。

変だ。

あれは菓子が目的ではない。

もう二十年近くも一緒にいるのだ。作り笑いされればわかる。

そもそもリュリュは菓子作りは好きだが、際限なく甘いものを欲しがりしょっちゅう頬をクリームだらけにしていたのは仔猫の頃の話で、甘いものはそこまで好きではないはずだった。

外出には危険が伴うのだと重々承知しているのに、なんのために嘘をついたのだろう？

店の所在地を呼び出してみた刹那、きゅうっと心臓が握りつぶされるような痛みがユーリを襲った。

店は、ツァラ子爵邸に近かった。

――リュリュの目的は菓子ではない。ガブリエルだ。


「博士？」

ヴァーノンの声に、ユーリは記憶を断ち切った。もはや条件反射のように柔らかな笑みを浮かべる。

「いや。あの子はなにも話してくれない。時々、会いに行ってはいるらしいんだが……」

「ん？　時々？　そんなに外出を許しているのか？」

「ああ、禁止する理由もないからね。有名店の菓子を買いたいという口実で出掛けてゆくよ」

あれから何度リュリュと華やかなデザート《デセール》を挟んでお茶を飲んだことだろう。

舌の先まで出掛かっている、本当はどこに行ってきたんだという問いかけを生クリームと一緒に無理矢理飲み込んで味わう菓子は、王都指折りの美味であるはずなのに、不思議なほどおいしくなかった。

「うーん。まあ、今までのことを思えば、博士に堂々とデートだなんて言えないのかもしれないが、隠し事、か……」

なんの準備もなくぶつけられた甘い単語に、ユーリは目を伏せる。

デート、か。

家にいる時は着ない、かっちりとした上着を若者らしくラフに着こなし、細身のジーンズで身を固めたリュリュは素晴らしくハンサムだった。

しっかりとした背中のラインを見るたび思い知らされる。あの子はもう甘えたがりの子供ではないのだと。

なんて喜ばしいことなんだろう。

成長を喜んでやらねばと思う。だが、心がどうにも言うことを聞かない。

「博士。淋しいのはわかるが、そう落ち込むな」

「仕方ないだろう？　リュリュが薄情なのが悪い。好きなひとができたなら、報告くらいしてくれてもいいのに、あの子はなにも言ってくれない。私はリュリュの保護者なのに」

「そうだなあ……」

カップを置くと、ユーリは指先でするりとこめかみを撫でた。

「あの子はガブリエルのガの字も口にしないんだ。きっとなにか私に言えないようなことがあるに違いない」

「おいおい、考えすぎじゃないのか？」

「いいや、そんなことはない。実はこの間、探りを入れてみたんだ」

一日の終わり。夕食もとうに済ませ、リュリュは洗ったばかりの髪を拭ったタオルをそのまま肩にかけていた。ユーリはソファに座ってタブレットを手にしていた。明日の予定だの朝食の卵料理はなにがいいだの、他愛のない会話を交わしながらも、ユーリの頭の片隅には美しい少女の姿がちらついていた。

——気になる。

リュリュは彼女のことを隠したがっていた。その気持ちは理解できないでもない。ユーリだって思春期、母が妙な期待も露《あら》わに女友達のことを聞いてくるのが厭でたまらなかった。

下手につつかない方がいい。

——でも、知りたい。

知りたくて知りたくて、我慢できない……！

「ヴァーノンがデートしているところを見かけたと言ってみた」

「おいおい、俺の名前を勝手に使わないでくれよ。まあ、一回本当に見ているから嘘にはならないが。で、リュリュはなんて?」

ユーリは目を伏せた。

あの時のことを思い出すと、今でも鼓動がおかしくなる。

「私には関係ないだろうと、怒られたよ。それから、ガブリエルには近づくなと言われた」

ガブリエルの名を聞くと、リュリュの顔から拭い去られたように表情がなくなった。あんなに冷たい目をしたリュリュをユーリは見たことがない。

「なんだそれは。博士に取られるとでも思ってんのか?」

「わからない」

中途半端な時間であるせいか喫茶店に客は少なく、静かだった。広すぎる空間のせいなのだろう、己がひどくちっぽけに感じられる。

ヴァーノンはちらりとあたりを見回して、盗み聞きできる範囲内に誰もいないことを確認すると、上半身を前傾させ囁《ささや》いた。

「なあ、博士。リュリュの行動はもっと制限した方がいい」

ひやりとするものを覚え、ユーリは眉を顰めた。

「リュリュだってもう子供じゃない。あんまりうるさく口を出すのは……」

「リュリュは普通のニンゲンじゃないんだ。あいつの浅はかな行動は博士の地位まで危険に晒す」

「……」

確かに、ユーリがいくら大事にしようと、リュリュが実験体であったことは変わらない。

「リュリュには助けられたこともあるし、いい子なのは知っている。差別するつもりはないが、現実を無視するわけにはいかない。リュリュが無茶をするようなら割り切るべきだ。あれの命は助けた博士のもの、なんなら死ぬまで飼い殺しにしたってかまわない。あいつのために博士がこれ以上危ない橋を渡ることはない」

ユーリはエスプレッソを飲み干した。舌に残る砂糖の甘みがひどく忌まわしく感じられる。

「ヴァーノン、君がそんな冷たいことを言うとは思わなかった」

「そうか？　俺は元来自分勝手な男だ。なにせ、貴族なんだからな。ついでだから立場を明確にしておくが、俺は白亜の塔に入ってからこのかたずっと博士の派閥に属してきた。博士に失脚されたら今の立場を保てるかも怪しい。よって俺の優先順位の第一位は博士の保身だ。もし風向きが悪くなれば、リュリュは切り捨てる。――３０７号だって、ご主人さまのためならそれでいいと言うと思うぞ」

実験体に人権はない。なにをしても、断罪されることはない。

一瞬のうちに様々なイメージが脳裏に流れた。食べ物を詰め込みすぎ頬がぱんぱんに膨らんだ幼いリュリュの顔、摘んだばかりのブルーベリーを見せにきた時の得意げな笑み、それからユーリの軀をすっぽりと包み込んでみせた大人のリュリュの体温……。

ユーリはぶるりと軀を震わせる。

最後のは、なしだ。あの時のことを思い出すと、どうにも妙な気分になっていけない。

「酷いことを言うと思うかもしれないが、俺は心配なんだ。最近の博士はどうにも危なっかしい。リュリュに振り回されて、冷静さを失っているように見える。違うか？」

「違わないかもしれないな……」

このところ、リュリュのことばかり考えている。

急に視界が暗くなる。見ると、大きな雲が通り過ぎてゆくところだった。風が強いのだろう、窓の外を次々と雲が流れてゆく。

「ユーリ・リアン博士」

広いフロアを横切って近づいてくる男の姿に気がついたユーリの表情がやわらいだ。

「キュヴィリエ博士」

立ち上がったユーリの前に、髭《ひげ》を蓄えた老人が立つ。

「ここで会えてちょうどよかった。彼を君に紹介したかったんだよ」

博士の背後にいた男が緊張した面もちで一礼した。

「うちの研究室の新人だ。平民出身だが見所がある。名前はダヴィッド。どうか、気にかけてやってくれ。彼は君をヒーローのように思っているんだからね」

「え……？」

「ダヴィッドです。あの、ずっと憧れてました……！」

ダヴィッドの顔は真っ赤だった。ユーリは困って頭を掻く。

「なんだか気恥ずかしいね。ユーリだ」

「平民にしかわからない悩みもあるだろう。なにかあったら博士に相談に乗ってもらえ」

「そんな、お忙しい博士を煩わせるわけには……！」

ダヴィッドが慌てるが、博士は気にもしない。

「なに、この男は面倒見がいいんだ。おまけにやたらと顔が広い。忙しければ適当な人間を紹介してくれる」

「キュヴィリエ博士、俺は超人じゃないって何回言ったらわかってくださるんですか」

肩を竦めるとユーリはＩＤが記載されたカードを取り出した。差し出されたダヴィッドが舞い上がる。

「いいんですか、こんなもの、もらってしまって……！」

「白亜の塔ではまだまだ平民出身者は少ないからね。私もいつか君の手助けを必要とすることもあるかもしれない。なにかあったら遠慮なく連絡してくれてかまわないよ」

「ありがとうございます……！」

カードを大事に胸元に抱え、ダヴィッドが頭を下げる。老人に連れられ、興奮した様子でフロアを抜けてゆくダヴィッドはリュリュと同じくらいの年頃だろうか。

自分もあれくらい若かったらとふと考え、ユーリは苦笑した。

若かったら、一体なんだというのだろう。

＋　＋　＋

大きなトランクを開けると、中には幼い子供が一人だけうずくまっていた。じいっと見上げてくる瞳の大きさに、ユーリは感嘆する。

「大丈夫か？　早く出してあげられなくてすまなかったね」

そっと頭を撫でてやるとぴるぴるっと耳が震えた。頰には涙の跡が残っている。トランクに入れる前にざっと拭いてやったのだが、まだかすかに汚物の臭いがした。

「おいで。お風呂に入って綺麗にしよう」

お風呂、という単語を聞いた途端、ぼーっとしていた仔猫の表情が顕著に変わる。尻尾を膨らませて今にも泣きそうな顔でぷるぷる震える姿に、悪いと思いつつも頰が緩んだ。

「お風呂、嫌いか？」

仔猫はユーリを見つめたまま首を振る。だが、嘘なのは明白だ。

ユーリはあえて気づかない振りで、仔猫を風呂まで連れていった。バスタブの湯の中に硬直してしまった軀を下ろし、洗ってやる。

水が怖くて仕方ないようではあったが、リュリュは最後まで抵抗せず、震えつつもされるがままになっていた。

子供らしからぬおとなしさが、不憫《ふびん》だった。

この子はまだ幼いのに、我《わ》が儘《まま》を言うことすら知らない。

すっかり綺麗になった仔猫を、ユーリはふかふかのバスタオルにくるみ抱き上げる。

「よく我慢したな。偉い、偉い」

ぽんぽんと背中を優しく叩きながら誉めてやると、くりくりとした大きな瞳がびっくりしたかのように瞠《みは》られた。

小さな軀を居間まで運び、ソファに下ろす。

「待っておいで。今なにか、飲むものを――」

立ち上がろうとしたユーリの袖が、つんと引っ張られた。なんだろうと思って見下ろすと、小さな拳がユーリのシャツの袖をきゅっと握りしめている。

心臓を、射抜かれたような気がした。

――ごしゅじんさま、リュリュの新しいごしゅじんさま？

舌足らずな声が、耳を愛撫《あいぶ》する。

いささか不穏当な質問に、自分がどう答えたのかはよく覚えていない。

ただリュリュが恥ずかしそうに笑んでくれたのは鮮明に記憶に残っている。それからもなにかあるたびにリュリュが見せてくれた光が弾けるような笑顔は、いつもユーリを幸せな気分にしてくれた。

——ごしゅじんさま、だいすき。


ぼんやりと卓上の写真立てを眺めていたユーリは、ほうと溜息をつくと掌で両目を覆った。

「ご主人さま、論文の区切りはついた？」

廊下から書斎を覗き込むリュリュから顔を逸らし、ユーリはいくつも開かれているウィンドウへと視線をさまよわせる。

「期日には間に合うよ、きっと」

「では、休憩しませんか？」

「……そうしようか」

大きく伸びをして、席を立つ。居間のテーブルには、見慣れない紙袋が置かれてあった。

また新しい菓子を買ってきたらしい。

ヴァーノンには行動を管理すべきだと言われたが、ユーリはもう外出報告すら求めなくなっていた。

ティーセットを運んできたリュリュが紙袋を開けてスコーンを皿に乗せる。大きなスプーンですくったクロテッドクリームが横にたっぷり添えられた。

向かいあって席に着く。

──いつまでこうやって二人きりのティータイムを楽しめるのだろう。

「はい、ご主人さま。紅茶用のコンフィチュール」

ごとん、と。小さな音を立てて瓶が落ちる。クロスの上で横倒しになった瓶を、ユーリは無言で見下ろした。

──なにをしているんだろう、私は。

リュリュが渡してくれようとした瓶を落としてしまった。

手が滑ったせいではない。

リュリュの指に触れたせいだ。

滑らかな爪の感触。

それから、ぬるい体温を感じた。

そうしたら、一瞬頭の中が真っ白になってしまい、気がついたら瓶が落ちていた。

「ごめんなさい。すぐ片づけるね」

リュリュが拭くものを取るために席を立つ。

ユーリは白いテーブルクロスの上、とろりとした光を放つ金色のマーマレードを見つめた。

「ご主人さま？　別のコンフィチュール、持ってこようか？」

クロスの汚れを拭き取っていたリュリュが、手を止めてしまったユーリを心配そうに見上げる。ユーリは大丈夫だと首を振り、ストレートティーを口に運んだ。

すっかりマーマレードを入れるつもりになっていたせいだろうか、物足りない。スコーンを齧っていると、後始末を終えたリュリュが戻ってきて、ユーリの前に新たに持ってきた蜂蜜の瓶を置いた。

新しい瓶の蓋を開けながら、この時が永遠に続けばいいのにとユーリは思う。

リュリュをガブリエルになど渡したくない。ずっと自分だけのものでいて欲しい。

そうしてユーリはぎくりとする。

私は一体、何を考えているんだろう。これが、親替わりを自認するものが思うことだろうか、と。

＋

＋

＋

上っ面だけ平穏な日々が破られたのは、それからすぐだった。

その日、陽が落ちて帰宅したリュリュは頬に真っ赤な紅葉を浮かせていた。

「リュリュ？　どうしたんだ、その顔は」

こそこそと自室に直行しようとしていたリュリュは、ユーリに見つかると決まり悪そうな顔をした。

「……なんでもないです」

「なんでもないことはないだろう。ガブリエル絡みかい？　彼女となにかあったのか？」

問いつめようとすると、顔を隠そうとするのをやめて向き直る。

「詮索はやめてください。ご主人さまには関係ない」

強い語調に鼓動が跳ね上がった。

関係ない、だって？

だが、ユーリはリュリュの保護者だ。

「関係なくはないよ。前にも言っただろう？　息子のように思っていると」

「俺はあなたを親だなんて思ってない」

ユーリは瞬きもせずリュリュを見つめた。

刃のような言葉に息が止まるかと思った。

リュリュは顔を強張らせたユーリから目を逸らし、部屋を出て行く。自室ではなく厨房に向かったのは頬を冷やすためだろう。

へたへたとソファに座り込むと、ユーリは背中を丸めた。

どうしよう。どうしたらいいんだろう。

めいっぱい愛情を注いで育ててきたつもりだったのに、リュリュにはなにも伝わっていなかったのだろうか。あんな目をするなんて。

「ああ……でも」

震える吐息をつき、ユーリはゆっくりと背筋を伸ばす。

「リュリュの味方は私だけだからなあ。力になってやらないと」

自分とヴァーノンしか知らなかったリュリュが、最初からうまく人付き合いできるわけがない。おまけにリュリュの場合、些細な齟齬《そご》が破滅に繋がる可能性がある。

もしただの痴話《ちわ》喧嘩《げんか》なら間に立って仲裁してやろう。深刻な問題が発生しているなら自分が代わりに対処してやらねばならない。

ぎしぎしと軋む心を無視して、ユーリは立ち上がる。

これ以上問いつめても、きっとリュリュはなにも話さない。それなら、自分で調べるまでだ。

端末で子爵の連絡先データを探す。検索画面が切り替わるより早くアイコンが点滅してメッセージの着信が告げられた。邪魔されたことに苛立《いらだ》ちつつ、素早くウィンドウを呼び出してメッセージを開封し、ユーリは瞠目した。

送信者の欄にはガブリエルと記されていた。

なぜ彼女が自分のＩＤを知っているのだろう。

ごく短かいメッセージには『話したいことがある、今夜――時に――へ来て欲しい』とだけ綴《つづ》られていた。

即座に了承のメッセージを返し、ユーリは立ち上がる。

指定された場所は、屋敷から歩いて行ける距離だった。

ここは頻繁に警邏《けいら》が巡回してくれるような、貴族や富裕層が暮す区域ではない。外出する時は車を呼ぶか、護衛を連れていけと言われているのだが、ユーリは一人で夜道を歩きだす。

昼間より幾分涼しい風が髪を嬲《なぶ》る。高いアパルタメントで挟まれた路地はそぞろ歩く人たちでいっぱいだ。

皆、夕刻の散歩を楽しんでいる。道ばたに椅子を出し、くつろいでいる老人たちもいた。見知った顔を見つけると挨拶が交わされ、おしゃべりが始まる。

だが、目的地に近づくにつれ、通りの様子は侘びしくなり、辻々《つじつじ》に柄の悪い若者がたむろするようになってきた。

どうしてこんなエリアを指定したのだろうと、ユーリは訝る。どう見ても女性一人で来ていいような場所ではない。

いつの間にか完全に人けがなくなってしまった通りの突き当たりで、ユーリは荒廃したビルを見上げる。

メッセージに記されていた場所はここだ。

リュリュと言い争った勢いのまま出てきてしまったが、ここまで歩いてくる間にいい加減頭も冷えていた。

すこし、迷う。

メッセージの指示通りここに入って、大丈夫だろうか。そもそも本当にここにガブリエルは来ているのだろうか。考えてみれば、あのメッセージがガブリエル本人から送られたものかどうかもあやしい。

子爵に確認を取った方がいいのかもしれない。

逡巡《しゅんじゅん》していると、廃ビルの中から足音が聞こえてきた。硬いヒールが床を打つこつこつという音が、広い空間に反響する。

廃ビルの正面入り口の扉はすでに破壊されていた。

入ってすぐの場所は吹き抜けのホールになっているのだろう、格子の嵌《は》まった窓から差す月明かりが白と黒の市松模様で彩られた床を照らしだしている。

「こんばんは。ユーリ博士。そんなところにいないで奥へどうぞ」

甘くハスキーな声が聞こえた。ガブリエルの姿は見えない。だが、記憶にあるのと同じ声に気を取り直し、ユーリは廃ビルの中へと踏み込む。

足下には外壁を飾っているのと同じ天使の像がばらばらに壊れ散らばっていた。乳白色の小さな腕を避けながら、ユーリは玄関ホールを突っ切り、正面の階段を上る。

登り切った途端、目の前に三つ並んだ昇降機の真ん中に灯りがついた。ぼやけた電子音が鳴り、乗れと促す。

「五階へどうぞ。ここなら邪魔が入ることなく、ゆっくり話ができるから」

三人がようやく乗れる程度の小さな昇降機に乗り込むと、ユーリは五階のボタンを押し、重いアコーディオン型の扉を閉めた。一度大きく揺れてから、景色が下降し始める。

五階で昇降機が停止すると、ユーリは再び扉を開き、箱から降りた。左右に伸びた廊下には、等間隔に扉が並んでいる。

「こっちだよ、リアン博士」

声に誘われるまま、左手三つ目の入り口に立つ。扉は既になくなっており、廊下から思いのほか広々とした空間が見て取れた。

壁一面に広がった窓から月光が差し込んでいる。割れた硝子が散るフロアの中央に一つだけ据えられたソファに、ガブリエルが足を組んで座っていた。

荒れ果てた室内でくつろぐほっそりとした美少女に、ユーリはなぜか死神を連想する。頭の両側で結われたミルクホワイトの髪が、窓から吹き込むごく僅かな風に揺れていた。白いドレスシャツに黒のショートパンツ、同じく黒のニーソックスを身に纏ったガブリエルは、可愛らしい容姿には不似合いなコンバットブーツで足下を固めている。

薄桃色の唇が開き、秘書として会った時とは違う、蓮っ葉な声が発せられた。

「来てくれて嬉しいよ、リアン博士」

「こんばんは、ガブリエル。女性が一人でこんなところにくるなんて感心しないな。この辺りは治安もよくない。車を呼ぶから、表通りの店に移動しないか？　帰りもちゃんと希望の場所まで送り届けよう」

楽しそうにガブリエルの目が細められ、肉色の舌が唇を舐めた。

「へえ……優しいんだね、リアン博士は。リュリュってばボクのこと、なんにもあなたに言ってないの？」

男の子のような話し方に、ユーリは違和感を覚えた。

「なんのことかな？」

「ふふ」

じゃり、とガブリエルのブーツの下で、砂が踏みにじられた。ソファから立ち上がり、ガブリエルは大きく背伸びをする。

「ボクね、あなたのことが大嫌いなんだ」

細い手に、いつの間にか棒状のものが握られていた。ガブリエルが軽く振ると白く光る刀身が伸びる。

兵器類には詳しくないユーリにはどういう原理かわからなかったが、首筋の毛がちりちりと逆立った。あれには近づきたくない。

「ガブリエル？」

ガブリエルがくすりと笑う。

「だからね、——殺してあげる」

華奢《きやしや》な軀が跳躍した。

一瞬で目の前に迫られ、ユーリは驚愕する。ガブリエルはなんの助走もつけずに、七メートルほどあった距離を一足に詰めてのけたのだ。

とっさに飛び退こうとしたものの足がもつれる。汚い床に尻餅を突いたユーリの膚をやけに冷たい風が撫でた。

背後で轟音《ごうおん》が生まれる。

振り返ってみると、斜めに斬り裂かれた壁が崩れ落ちてゆくところだった。

——なんだ、これは。

「待ちなさい、ガブリエル。なぜこんなことをする。まさか、子爵の差し金なのか?」

「まさか。あの方は関係ない」

「じゃあ、リュリュがなにかした……?」

あの子が他人の恨みを買うようなことをするはずがないとは思うが、他に心当たりがない。

だが、ユーリの問いを聞いたガブリエルは笑い出した。

「はは、ひどいご主人さまだなあ。自分のことは棚上げして、あのばかのせいにする気?」

ご主人さま……?

背筋に冷たい汗が流れる。

「今日リュリュの顔が腫れていたのは、君のせいじゃないのか?」

ガブリエルは形のいい唇の両端を引き上げ、主そっくりの高慢な表情で言い放った。

「ああ、あれだって、もとはといえばあなたのせいだよ。あなたを殺す邪魔をするから、ボクがあいつを殴ることになったんだ」

「——え」

ガブリエルは、前々から私を殺そうとしていたのか？　リュリュはそれを阻止しようとしていた？

「どうして――」

「どうして？　はっ、いたいけな子供を何十人も虐殺しておいて、よくどうしてなんて言えるもんだ！」

苛立たしげにガブリエルが床を踏みつける《スタンピングする》。みしりと厭な音が響き、タイル状の床材が砕け散った。

ユーリは棒立ちになってガブリエルを見返す。

心当たりは一つだけ。

――合成獣計画。

かつて、白一色で染め上げられた実験施設で見た大勢の子供の姿が脳裏を過ぎる。どの子も愛らしく従順だった。彼らの未来を奪ったのは、確かにユーリだ。

ガブリエルはあの子たちの復讐をするために私の前に現れたのか――？

「ボクはさ、あなたたちがシセツにやってくる少し前にあの方に贈られたんだ。だから皆と同じ目に遭わずに済んだ」

「君も実験体なのか？　君の姿はニンゲンと違わないように見えるが」

「切断したんだよ。耳と尻尾をね」

がつんと、頭を殴られたような衝撃が身の裡を走り抜けた。

切った？　軀の一部を？

「ふわっふわの毛で覆われたウサギだったんだよ、ボク。真っ白な毛並みも可愛らしい、ロップイヤー。ご主人さまもオレの垂れた耳を気に入ってくれていた。でも、ボクが生き延びるためなら仕方ないって、腕のいい医者連れてきて、切ってくれたよ。ありふれたニンゲンみたいな姿になってもご主人さまはボクを大事にしてくれた。ご主人さまが大金を積んだのは、可愛いウサギが欲しかったからなのに」

「子爵も合成獣計画に出資していたのか」

ユーリは愕然とする。

もしかしたらユーリが知らないだけで、この国にはまだ実験体を所持しているものがいるのかもしれない。

「なぜ、今になって私を？」

「ファイルを読んだからだよ。前々から暇を見てはあの時の事を調べていたんだけどなかなかうまくいかなくてさ、この間ようやく白亜の塔に侵入できた時に、あなたが皆を殺せと指示したことを知った。ご主人さまにお願いして下見に行ったらリュリュがいてびっくりしたなあ」

くすくすと笑うガブリエルは天使のように可愛らしかった。

「ねえ？　どうして皆、殺しちゃったの？　生きてさえいれば幸せになれたかもしれないのに。そんなに神さまに逆らうのが怖かった？　そんなことないよねえ、あなた、リュリュを飼ってるんだし」

「リュリュはペットじゃない」

軽く頭を振って長い髪を後ろに払うと、ガブリエルは軀の脇に垂らしていた剣を持ち上げた。無造作に切っ先をユーリに向ける。

「じゃあ、奴隷かな？　家事だの仕事の助手だの、いいようにこき使っているんでしょう？　便利だよね。ボクたちはとっても優秀だし、ご主人さまには絶対服従するんだから」

こつこつと靴の踵を鳴らし近づいてくる美しい少女を、ユーリは呆然と見上げた。

違う、と。

自分は単にあの子を助けただけだと、言いたかった。

だが、リュリュが役に立っているのは事実だ。

焼きたての菓子に、洗い立てのシーツ。綺麗に整理されたデータに、気がついた時にはもう片づいている雑務。

結局自分は、あの子をいいように利用していたのだろうか。

「あれえ？　もう逃げないの？　もっと足掻いてよ。嬲り殺してあげたいんだからさ」

さっき攻撃を避けられたのが嘘のように、ひどく軀が重かった。

かつてユーリは確かに大勢の罪もない子供たちを死に追いやった。リュリュ一人を助けたからといって許されるわけがない。

——私はこの刃を受けるべきではないのか？

ガブリエルが床に手を突いたユーリの喉元に刃を押し当てようとして躊躇う。代わりに手の甲に切っ先が置かれた途端、ばちっという音が上がった。

全身を貫く苦痛に、軀が勝手に撥ねる。

「ふふ、痛い？　大丈夫、出力は下げてあるから、すぐに死んだりはしないよ。ねえ、次はどこがいい？」

ゆっくりと視界が流れてゆく。仰向けに倒れようとしているのだと途中で気がついたが受け身を取ることもできず、ユーリは汚い床の上に転がった。

もつれ広がった灰色の髪に、再び刃が突き立てられる。

今度は電流が流れることはなかったが、髪の焦げる厭なにおいが鼻をついた。

ガブリエルの顔から笑みが消える。

「ふん」

三度目に持ち上げられた剣先が眼球の上でぴたりと止まった。

今度は髪のようなわけにはいかない。きっと触れただけで失明してしまうだろう。

逃げたかったが、少しでも動いたら切っ先が触れてしまいそうで、ユーリは息を詰めて光る刃を見つめる。

こめかみを冷たい汗が伝った。軀中が心臓と化してしまったかのように、全身が脈打っている。

息詰まるような緊張感は、だが、長くは続かなかった。

「ご主人さま！」

聞き慣れた声に、ぴくりと軀が揺れる。

「……リュリュ？」

目の前につきつけられていた剣先が消えた。替わりに愛しい錆猫の姿が目の前に現れる。

「ご主人さま、大丈夫ですか？」

抱き起こされ、ユーリは掠れた声で呟いた。

「リュリュ……？　どうして、ここに……」

もしかして、助けに来てくれたのか――――？

熱を孕《はら》んだ感情がぶわりと膨れ上がる。

ずっと、守ってやらねばならないと思っていた。

リュリュは小さくて、とてもか弱い存在なのだからと。

でも、淡い笑みさえ浮かべているリュリュは、ユーリの目に途轍もなく頼もしく映った。

「……っ、邪魔すんな！」

リュリュに気づくなり壁際まで退避していたガブリエルが、猛々《たけだけ》しい叫び声と共に床を蹴る。

元がウサギだけのことはあり、やはり異常な跳躍力があるらしい。瞬時に距離が詰まり、光る剣が迫った。

だが、ガブリエルがウサギなら、リュリュは猫だ。

素速く、だが丁重にユーリを後ろに押しやると、リュリュは目にも留まらぬ速さでまず壁を、それから天井を蹴って、建材をも斬り裂く剣筋から逃れてのけた。

しなやかな軀をひねり、膝を使って柔らかく着地した、次の瞬間にはガブリエルに向かって突っ込んでゆく。大きく剣を振り抜いたばかりのガブリエルの体勢は崩れており、リュリュの動きに対応できない。

仰け反るようにして避けようとしたが、リュリュの狙いは別にあった。

剣を持った手を猫パンチの要領でぺしっと払う。

ユーリの視界を、剣がくるくる回りながら飛んでいった。

緩い弧を描いた末、まるでケーキに入れられたナイフのように深々と床材に刺さる。

剣が放つ淡い光の中、武器を奪い取られたガブリエルがきっとなって、拳を握りしめた。

「リュリュ……っ！」

——これは私の不始末の結果だ。リュリュが痛い思いをすることはない。

慌てて腰を浮かそうとしたユーリに、リュリュが微笑みかける。

「そこを動かないでください、ご主人さま」

施設で叩き込まれたのだろうか、小柄ながらもガブリエルの構えは堂に入っていた。下半身が安定しており、拳に力が乗っているのが素人目にもわかる。

鈍い打撃音に身が竦んだ。

前に翳した両腕で攻撃を受け止めたリュリュの喉から鋭く息が吐き出される。気圧《けお》されたように軀が後ろに逃げたが、やられたままではいない。

勢いに乗り再度殴りかかった腕を、リュリュはひょいと上体をねじって避けた。肘が伸びきったところで、ガブリエルの手首を摑む。

「あ……？」

もう一方の腕でシャツの襟元を握りしめたリュリュはぐっと腰を落としてガブリエルの下に体を入れた。思い切り腕を引かれたガブリエルの軀が跳ね上げられ、宙を舞う。

——あんなことまでできるのか！

なんという体術か、知らない。だが、リュリュは鮮やかにガブリエルを床に叩きつけた。流れるような動作で俯《うつぶ》せに返して、細い腕を後ろにねじり上げる。

「い……って……っ！」

はあはあという激しい息づかいが荒れ果てた部屋の中に響いた。

「だ……大丈夫か？　リュリュ、怪我は……？」

「ありません」

ガブリエルの上に乗り上がったリュリュが、しっかりした声で返答する。

「よかった……。でもリュリュ、あまり女性に手荒な真似は……」

「ご主人さま、ガブリエルは女じゃないです」

「え……？」

ユーリは気の抜けた声で呟いた。

「男、なのか？　なら、なぜこんな格好を……？」

「別に似合うんだからいいだろ⁉　なんか文句あんの⁉」

女性にしてはハスキーだと思っていた声は、素に戻って怒鳴っているのを聞けばなるほど男性のものだった。

「くそっ、放せ、リュリュ！　こんなじじいに懐柔されやがって！　おまえは自分さえよければそれでいいのかよ！」

——じじい。

ユーリの目が遠くなる。傷心のユーリを無視して話は進む。

「俺はご主人さまのしたことは正しかったと思っている」

「はあ⁉」

拘束から逃れようともがきながら、ガブリエルは首をひねってリュリュの顔を睨《にら》み上げた。

「ガブリエル。おまえが入手できたデータはほんの僅かだ。だが、俺は当時からご主人さまの端末を使ってありとあらゆる資料に目を通してきた」

ユーリもまた、まじまじとリュリュの顔を見つめた。

そんなことは聞いていない。

「ありとあらゆるって、どうやってだよ！　合成獣計画関連の情報は特に機密度が高くてなかなかアクセスできないのに……！」

「ご主人さまは合成獣計画を崩壊させた本人だ。ほとんどの情報に対するアクセス権を持っている。もしなくても、ご主人さまの所持する機材はすべて最新鋭で、一般人の持っているものとはレベルが違う。シセツで学んだ知識を用いればなんだってできる」

ユーリはぎょっとした。

機密にすべき情報である。悪用する意志がなかったとしても、幼いリュリュに勝手に閲覧されていいわけがない。

「生きてさえいられれば幸せになれるとおまえは言ったが、甘い。もし生きていれば、実験体のほとんどは軍部に接収されただろう。統計的に見ても、軍部には敬虔《けいけん》な信徒が多い。彼らにとって俺たちは神の意志に反した存在、ニンゲン扱いされることはない。既に運用計画書が作成されていたが、酷いものだった。身体能力を極限まで試すための過酷な訓練プログラム、繁殖実験、耐久テスト」

「耐久テスト……？」

「俺たちは身体構造からしてニンゲンとは違う。どれだけ痛めつけても使い物になるか知るのは大事なことだろう？」

ガブリエルの唇が噛みしめられる。彼が漠然と夢見ていたのは、同胞が自分と同じように、よき主を得られる未来だったのだろう。だが、現実はそんなに甘くない。

「なにより恐ろしいのは、軍部に有用だと判断されることだ。そうなったら彼らはきっと俺たちを再生産しようとする。使い勝手のいい兵器として。そして、そうなる可能性はとても高い」

「でも……ボクたちは神の意志に反した存在なんだろう？」

ガブリエルに先刻までの勢いはない。そしてリュリュは、最後まで容赦しようとしなかった。

「歴史は勉強していないのか、ガブリエル。かつて教会信徒たちが異教徒にしたのと同じことだよ。相容れない存在なら殲滅《せんめつ》しなければならないはずなのに、そうしてしまえば搾取できないと思ったら侵略し、圧制を敷く。教会信徒が教え導けば問題ないというわけだ。俺たちと同じ存在が際限なく生み出され使い捨てられてゆくくらいなら、ここでその流れを断つべきだと俺は思った」

ガブリエルはしばらく黙って考え込んでいたが、苦しそうに首をひねってユーリを見た。

「今の話、本当なの……？」

哀れな子供たち。

軍部も貴族も極めて非人道的な視線を実験体たちに向けていた。保護してやりたかったが、白亜の塔の権威はまだ、教会に比べれば脆弱《ぜいじゃく》だ。

「なんで……？　ボクたち、ニンゲンとなんにも変わらないのに……っ」

弱々しい声が虚ろな空間に消えてゆく。

そう、なにも変わらない。でも、狂信の前では正論など無意味だ。

「リユリユ。もういいだろう？　ガブリエルを放してやりなさい」

そっと促すと、リユリユがガブリエルの上から退いた。ガブリエルはのろのろと起きあがったものの、すぐには立ち上がる気になれないようだった。

綺麗なミルクホワイトの髪も服も埃まみれのまま、薄汚れた床に座り込んでいる小さな姿が哀れみを誘う。だが、慰めてやる言葉はない。ユーリは、彼の同胞を虐殺したのだ。

「終わったかね」

リユリユの耳がぴんと立った。

ここで聞くはずのない声に全員が驚き、視線を一点に集中させる。部屋の入り口に片手をかけて立つ痩身に、ガブリエルは蒼褪めた。

「ご主人さま……！　どうしてここに」

「ガブリエルが殺されたら困る。万一の時に備え、待機していた」

子爵の背後の闇には、他にも数人の気配があった。おそらく子爵の私兵だろう。

「あの、ごめんなさい。勝手なことをして……」

汚れた服を急いではたき立ち上がったガブリエルに、子爵は泰然と微笑んだ。

「もう気は済んだかな……？」

「はい」

「では、帰ろうか。ああ、こんな傷をつけて」

子爵が入り口を離れ、ガブリエルの頬に掌を添える。

「帰ったら、おしおきをしなければならないね、ガブリエル……？」

不穏な予告に、子爵を見上げるガブリエルの表情がとろりと蕩けた。

そのまま何事もなかったかのように出て行こうとする二人に、ユーリは慌てて声をかける。

「待ってくれませんか、子爵」

子爵の歩みが止まる。ゆっくりと振り返ると、子爵は初めてユーリの存在に気づいたかのようにわざとらしい会釈をした。

「やあ、博士。無事でなによりだ」

「あなたも合成獣計画の出資者の一人だったとは驚きました。ガブリエルを使って私を消したかったようですが、そんなことをしても今更なにも変わりませんよ。教義に反する存在は教会が許さない」

ガブリエルは個人的復讐と言ったが、いいように操られている可能性はある。実験体はご主人さまには絶対服従するものであることを、ユーリはよく知っている。

主に言いがかりをつけられたとでも思ったのか、ガブリエルが目を吊り上げた。

「ご主人さまは関係ないって言っただろ⁉」

更に食ってかかろうとしていた口元が、子爵の手によって塞がれる。

「しー、ガブリエル。いい子だから静かにしていなさい」

「んん……」

低い声で囁きかけられ、ガブリエルの肩がふるりと震えた。

「誤解しているようだが、私が金を出したのは事業に一口嚙むためではなく、可愛いウサギを手に入れるためだ。ガブリエルがいるのに、なぜ私が君を殺さねばならないのかな？」

歪《ゆが》んでしまった髪留めを外してやり、子爵は愛しげにミルクホワイトの髪を撫でる。

「ガブリエルと君たちの間には和解が成立したんだろう？　私はガブリエルを手放したくないし、君もその猫が大事なようだ。君がガブリエルのことを黙っていてくれるなら、私もその猫について誰にも明かさないでおいてやろう。どうだね？」

選択の余地はなかった。

リュリュを失うわけにはいかない。

子爵が唇をゆがめ嗤う。

「いいようだな。では、ごきげんよう」

闇に溶け込むように二人が消える。床に座り込んだまま、ユーリは遠ざかってゆく靴音を聞いた。

「ご主人さま、大丈夫ですか？　立てる？」

もはや脅威はないと判断したのだろう、いつでも動けるように立ったまま傍に控えていたリュリュがしゃがみ込み、ユーリと視線を合わせる。

「あ、ああ……」

ユーリは思い出したように立ち上がろうとしたが、足が言うことを聞かない。

「え……？」

力の入らない膝に動揺する。それでも不潔な床に手を突き、よたよたと立ち上がろうとすると、背に手が回された。

「失礼します」

もう一方の手が膝裏に回されたと思ったら、いきなり持ち上げられてしまい、ユーリは思わず目の前のジャケットにしがみつく。

「リュリュ……！　下ろしなさい」

「歩けないんでしょう？　大丈夫です。ご主人さまを落としたりしない」

ユーリを横抱きにしたまま、リュリュは足場のよくない廃墟の中を歩きだした。

――なんだ、これは。

リュリュをだっこしたことなら数え切れないほどあるが、だっこされたのは初めてだ。誰も見ていないとわかっていても恥ずかしくていたたまれない。

「思ったより軽いんですね。なんだか不安です。また菓子を買ってきますからもっと太ってください、ご主人さま」

整った顔を彩る淡い笑みが眩しい。

枯れた指で、ユーリは強くリュリュのシャツを握りしめた。

ガブリエルはリュリュの想い人ではなかったらしい。それならリュリュの心はいまだ自分の上にあるのだろうか。

触れあった場所から伝わってくる体温がやけに強く意識される。

――ずっと、息子のように思っていた相手なのに、こうして触れあっているだけで、どんどん鼓動が速くなる。

多分〝ユーリさま〟と呼ばれたあの瞬間に気がついてしまったせいだ。リュリュを息子ではなく、一人の男として見ることもできるのだと。

親という立場を離れて見たリュリュは、どうしようもなく魅力的だった。

当然だ。リュリュほどいい男はこの王都中探してもいない。

リュリュが昇降機ではなく、階段を下り始める。踊り場に飾られていたのだろう、割れた花瓶の残骸が散る中を歩くリュリュの足取りは危なげない。

廃ビルの中は静寂で満ちていた。もしリュリュが来なかったら、ユーリは誰の助けも得られないまま朽ちることになったに違いない。

ガブリエルと対峙《たいじ》するリュリュの姿を思い出したら、なんだかひどく気分が高揚してしまい、ユーリはジャケットを更に強く握りしめた。

「どうして私がここにいるとわかったんだ？」

「モバイルの位置を検索しました」

「私のモバイルにそんな機能はなかったはずだが」

「俺がこっそりプログラムを入れておいたから」

悪びれもしない。平然とした声が、がらんとした空間に反響する。

「勝手なことをしてはいけないと言ったのに……」

「ご主人さまこそ、ガブリエルには近づくなって警告したのに」

リュリュが足を止め、ユーリを見つめた。

「二度としないでくださいね。すごく心配したんですから」

柔らかく整った顔立ちが近づいてくる。硬直してしまったユーリの髪の間に、リュリュが鼻先を埋めた。

「本当に、心臓が壊れそうなくらい、心配したんですから」

灰色の髪を甘嚙みするリュリュの頰はまだ腫れていた。触れてみると熱を持っているようだ。

「ガブリエルのこと、どうして言ってくれなかったんだ？」

リュリュの視線が揺れる。

「俺一人でなんとかできると思ったんです。ご主人さまに、あの時のことを思い出して欲しくなかった。だって、ご主人さま、実験体を始末したことを、いまだに気に病んでいるから……」

ユーリは言葉を失った。

──子供だとばかり思っていたのに。

リュリュはすべて、見透かしていたようだった。

「すまない、リュリュ」

「謝るくらいならご褒美ください」

「ご褒美？　なにがいいんだ？」

「ん――――、キス……？」

ほわんとリュリュの頬が上気したのが、暗くてもわかった。

期待に尻尾をぴくぴくさせているのは可愛いが、ユーリを見つめる瞳には雄の欲が滲んでいる。

――いけない。

魅入られてしまう。だめだと言うべきなのに。

あなたを親だなんて思っていないとリュリュは言った。

ユーリにとっても、目の前にいるこの男はもう、息子などではなかった。

うんと年下で同じ男なのに、年甲斐もなく願ってしまう。――この男に愛されたいと。

気がつけばユーリは頷いてしまっていた。

「……ありがとう」

弾んだ声にはっとするが、もう遅い。

思わず目を逸らしたくなるほど整った顔が迫ってくる。

手を打つ暇もなく唇が重なり、無防備に開いていた唇の隙間からするりと舌が滑り込んできた。

「んん……っ!?」

ユーリがリュリュにしてやったことがあるのは、唇を押し当てるだけの無垢なキスだ。

だから今回もそうされるのだろうと思ったのだが、違った。

敏感な口の中の粘膜を舐め回される。

上顎の裏や舌の付け根が濡れた舌で柔らかく撫でられるたび、甘い痺《しび》れが生まれた。

──一体どこでこんないやらしいキスを覚えてきたんだ？

ちりちりと胸が灼《や》けたが、それ以上に気持ちがよくて、ユーリは目を伏せる。

元々ユーリは色恋には疎《うと》い。特にリュリュを引き取ってからは誰とも性的交渉を持っていない。そのせいだろうか、すごく────感じる。

「はあ……っ」

心がふわふわと解けてゆく。

リュリュの唇が離れていっても、酔ったような気分が消えない。頭がぼーっとしてなにも考えられない。

「ご主人さま、そんなに気持ちよかった……？」

ぐるりと周囲を見回したリュリュが、比較的ゴミの少ない壁際にユーリを下ろす。それからユーリを挟むように両手を壁に突き、再びくちづけてきた。

「ん………」

リュリュの言うとおりだ。気持ちいい。

するのではなくされる側になるだけで、こうも感じ方が違ってくるものかと驚く。なに

をされるかわからないから、与えられる快の一つ一つに敏感に反応してしまう。

角度を変えながら丹念に愛撫され、鼻声が漏れてしまう。

「ん、ご主人さま、好き……。好き………」

時折ほんの少し唇を浮かせ恋心を告げるリュリュの声は、蕩けるように甘い。

右手が壁を離れる。愛しげに頬を撫でられ、ユーリは泣きそうになってしまった。

「好き……」

どうしよう。

リュリュに囁かれ、触れられるたび、下腹に熱が溜まってゆく。いけないと、どこかでわかっているのに止められない。

なおもキスを続けながら、リュリュはユーリの首筋を撫で下ろし、胸の上に掌を当てた。尖りを軽く押し潰すようにされ、喉が反る。

ゆっくりとリュリュの手が下がってくる。ついに股間《こかん》に達した刹那、びくんと腰が揺れた。

愕然とする。

触れられて初めてユーリは、自分が欲情していたことに気づいた。

——したい。

もっと触って欲しい。リュリュの手を、感じたい。

ユーリの心の声が聞こえたかのように、緩く勃起《ぼっき》しかかった塊をリュリュが服の上から揉んでくれる。

「あ……っ」

………もっと。

ユーリは思わず身をよじってリュリュの背にしがみついた。

こんなに——触れられただけで震えるほど熱くなってしまうなんて、何十年ぶりだろうか？

ようやくキスをやめたリュリュが艶めいた声で囁く。

「ご主人さま、苦しそう。出してあげて、いい？」

ユーリはぼんやりと思った。

出す？

どういう意味だ？

ジッパーの音にはっとする。リュリュがスラックスを脱がそうとしている。

つまり出すというのは、性器をさらけ出して射精させてくれるという意味なのだろう。

一瞬だけそうする自分を想像してしまったユーリの膚が粟立った。

紛うことない、興奮を覚える。

だが、こんな場所でそんなことをリュリュにさせるわけにはいかない。

ユーリは震える両手で、なんとかリュリュの手を押さえつけた。

「やめなさい」

リュリュが唇を尖らせる。

「でもご主人さま、こんなになってしまってるのに」

「だめだ」

立てた膝を閉じる。我に返ったら急に顔が熱くなった。

私は一体なにをしているんだ？

こんなところで、こんなになってしまうなんて。

リュリュが立ち上がり、ポケットに手を入れたままユーリを見下ろす。

「じゃあどうするの、ご主人さま」

「少し休めば平気だよ。ああリュリュ、ちょっとどこかに……」

「いやだ。俺はここにいる」

機嫌を損ねてしまったのだろう、胸の前で腕を組んだリュリュは底意地悪い顔をしていた。自分で慰めることもできず、ユーリは立てた膝の上に頬を乗せて、切ない溜息をつく。

まだ軀が熱かった。

リュリュに見つめられているのだと思うと、ちりちりと神経が騒ぐ。

それでもどうにか下半身が落ち着くと、ユーリは壁に手を突き慎重に立ち上がった。行こうかと告げて歩き出せば、少し怒った顔をしたリュリュに手を捕まれる。

どきりとしたが、ふりほどくほどのことはないような気がした。

きっとリュリュは、まだ少し足下がおぼつかないユーリを心配しているのだ。

手を繋いだまま、静まりかえった夜道を歩いてゆく。

頭上には細い月が架《か》かっていた。

＋　＋　＋

「はあ⁉　じゃあ、ガブリエルは実験体の生き残りで、しかも男だったのか？」

口の高さまで持ち上げられたきり忘れ去られたタルト・オ・スリーズから、さくらんぼがぽとりと落ちた。驚愕するヴァーノンの前、ユーリはリュリュが淹れてくれた紅茶で唇を湿らせる。

王城に行かねばならない日の朝、迎えにきたヴァーノンに朝食を振る舞いがてらガブリエルとの顚末《てんまつ》をざっと話して聞かせた。もちろん、リュリュとのキスについては省いてだ。

「リュリュはそれを知っていたのか？」

洗い物を終えたリュリュが手を拭きながら振り返る。胸元まで隠れるデニムのエプロンは少し濡れていた。

「もちろん」

「じゃあおまえ、菓子買うって嘘ついて出かけてたのは、同輩に会うためだったのか」

鬱陶しそうな溜息をつき、リュリュがカウンターに手を突く。

「ガブリエルに会ったのは二回だけだよ」

「え？　じゃあ、その二回以外はなにをしてたんだ？　まさか本当に菓子を買っただけじゃないだろう？」

「情報収集してた。ガブリエルがどういう意図をもってご主人さまに近づいたか知っておかないと、適切に対応できないし」

ね？　とユーリを見るリュリュの眼差しが甘い。

ユーリはさりげなく目を伏せ、タルト・オ・スリーズを切り分ける。

「なにをどうやって調べてきたんだ？」

「子爵は秘密主義でシステムもクローズしているから、外部からは進入できないんだ。でも、屋敷に入り込めば直接接続できるから」

「えっ、屋敷に忍び込んだのか⁉　セキュリティは⁉」

どんな貴族でも、警備にはかなりの金をかける。特に子爵は大きな事業をしており敵が多い。屋敷の周囲には高い塀が巡らされ、夥しい数のセンサーで監視されている――はずだ。

「かなり厳重だったけど、俺は猫だから」

胸ポケットから取り出した記憶媒体をこれ見よがしに振ってみせるリュリュに、ヴァーノンもユーリも呆れた。有能にもほどがある。

「ばか！　もし見つかったらどうする気だったんだ⁉」

ヴァーノンが叱りつけるが、リュリュはつんと顎を反らして耳を貸さない。

「そんなへま、しないし」

「そんなのわかるものか。おまえが捕まったりしたら、博士に累が及ぶんだぞ」

「それは……」

リュリュの耳が不安げに揺れる。窺うような視線を向けられ、ユーリは溜息をついてみせた。

「リュリュ。お願いだ。お前になにかあったらと考えるだけで気が遠くなりそうだ。もう私に無断で危ないことはしないでくれ」

「……ごめんなさい」

リュリュがうなだれると同時に猫耳も寝てしまう。ユーリは何気なく手を伸ばし、喉元をするりと撫でてやった。ここに触れられることをリュリュは好む。

ん、と小さな声を上げて身を竦めたリュリュに、ヴァーノンがぎょっとして身を引いた。

「……ヴァーノン？」

「いや、なんか……」

思い出したようにティーカップを持ち上げて、ぬるくなった紅茶を飲み下す。

リュリュは熱っぽい目でユーリを見つめている。気のせいだろうか、昨日までよりあからさまだ。

「リュリュ、ガブリエルは子爵を慕ってるようだったが、利用されているということはないんだろうか？」

「平気だと思います。あの二人、ラブラブみたい。本当は口止めされているんだけどってメイドのおねーさんが教えてくれたけど、子爵、すごく偏屈で好き嫌い激しいのにガブリエルだけは片時も傍から放そうとしないんだって。そう贅沢《ぜいたく》を好むひとじゃないのに、ガブリエルのためなら金を湯水のように使って、服でもアクセサリーでも買い与えているって話でした」

「……メイドのおねーさん、だと？　どうやって聞き出したんだ」

私生活が外に漏れることを貴族は嫌がる。雇用契約書には守秘義務についての記載もあったはずだ。そう簡単に口を割るとは思えない。

だが、リュリュはのんきに尻尾を振った。

「え?」

にっこり笑って話しかけたら、秘密ねって言いつつなんでも話してくれましたけど？」

容姿の整ったリュリュの微笑みには抗《あらが》いようがない。若い女性たちがたちまち魅了されてしまうさまが容易に想像できる。

――ちりっと神経がひりつく感じがした。

「おまえな――」

ヴァーノンはがしがし頭を掻くと、持っていたタルト・オ・スリーズを口の中に放り込んだ。

「しかし、断耳に断尾か。考えてみれば、耳と尻尾がなければリュリュもニンゲンと見分けがつかないな。普通の生活が送れるなら、こりゃ検討してみてもいいかもしれない。リュリュ、どうだ？」

「ご主人さまがその方がいいと思うなら」

二人の視線を受け、ユーリは動揺した。

「おい、軀の一部を切断するんだぞ？　軽々しく言うな。リュリュもだ。厭じゃないのか？」

「苦痛は無視できます」

「そういう問題じゃない」

銀のスプーンでコンフィチュールを落とした紅茶を掻き回していたリュリュが、考え込む。

「予想されるのは聴力と全身のバランスが変化することによる性能の低下だけど、普通に生活するぶんには支障ないと思うし、一目で実験体とわからなくなれば、俺の存在が発覚してご主人さまに被害を及ぼす可能性が激減するから、利益不利益だけで考えればどうすべきかは明らかだけれど……」

ユーリは哀しげに眉尻を下げた。

愛着はないのだろうか。耳も尻尾もまぎれなくリュリュの軀の一部なのに。

あるいはそんな風に考えるユーリの方がずれているんだろうか。

リュリュを愛しているならば、安全に過ごせるよう、さっさと処置してやるべきなのか？

だが——だが。

手を伸ばして、柔らかな毛で覆われたちっぽけな器官に触れてみる。指の間でそれは可愛らしくぴるぴると震えた。同時にリュリュの顔も赤くなる。

「あの……えと、でも、ご主人さまが気に入られてるなら、残したいですけど……」

ヴァーノンがタルト・オ・スリーズを更に一切れ取った。

「まあなんだ。別に急ぐことはないんだ。ゆっくり考えればいいんじゃないのか？」

食卓に差し込む陽光に、カトラリーがきらきら光っている。

リュリュは朝食に手をつけることなく、頬杖をついてユーリを見つめていた。

ユーリはそうだなと呟きクリームの壷に手を伸ばす。

＋　＋　＋

しなければならないことを粛々とこなしていると、あっという間に一日が過ぎ去ってゆく。

その晩、ユーリは寝台に入ってからもなかなか寝つけず、リュリュのことを考えていた。

耳と尻尾がなくなったら、リュリュがこの屋敷にとどまる理由はなくなる。

どんな生き方をするも誰に会うも自由だ。

そうなってもなお、あの子はユーリの傍にいたいと思ってくれるのだろうか。

はあ、と溜息をつくと、ユーリは横向きに軀を丸めた。指先で乾いた唇をなぞってみる。

身の裡に淡い熱が燻《くすぶ》っていた。

我が子のように愛したのは嘘ではない。つい最近まで、ユーリの中に邪な心など一片もなかった。

だが、一度雄として見てしまったらもうだめだった。

ユーリはもぞもぞと寝返りを打つ。どうにも軀が落ち着かない。

「もう、とうに枯れた気でいたんだがなあ……」

上掛けの下、そっと手をのばし、足の間に触れてみる。兆《きざ》してはいなかったがざわりと欲が蠢《うごめ》くのが感じられた。

闇の中、ユーリは手を引っ込め枕を抱きしめる。

夜はしんしんと更けてゆく。

眠りはまだ、訪れない。

+　+　+

翌朝。目覚めたユーリは時間を確認するため寝返りを打とうとして、眉根を寄せた。

なにか重くて大きなものがつかえている。おまけに軀の下に上掛けを巻き込んでしまっているせいで、身動きできない。

半分寝ぼけながらもぞもぞと、敷いてしまった上掛けを引っ張り出そうとしていると、あたたかなものが巻きついてきた。

手で触れて確認してみる。

これは堅くて長い男の腕だ。

「――リュリュ」

「おはよ、ご主人さま」

まだ眠いのだろう、ユーリが育てた大きな子供はユーリの肩口に顔を押し当てたまま動こうとしない。ならば遠慮はいるまいと摘んだ耳がくすぐったそうにぴるぴるっと震えた。

「一体いつ寝台に潜り込んできたのかな？」

昨夜はなかなか寝つけなかった。随分遅くまで起きていた記憶がある。

「月が沈む頃」

「では、明け方か」

昨夜見た月は少し欠けていた。リュリュが示唆した時刻は暁の光が差してくる二時間ほど前にあたる。

「どうして自分の寝台で寝ないいんだ？」

「ご主人さまがいけないいんだよ。俺の宝物を全部とってしまったりするから」

まだうまく回らない頭で考え、リュリュの寝台に散らかっていたユーリのシーツや古着のことを思い出す。

「ご主人さまの匂いに包まれて眠るとね、絶対に怖い夢を見なくて済んだんです……」

　ふわふわと甘えた声でリュリュが呟く。

「そうか、悪夢……」

　与えた部屋に寝かせた時、リュリュがしばしば魘《うな》されていたのを覚えている。ユーリの寝台で寝たいとねだるリュリュに折れた頃からそういうことはなくなったから、もう解放されたのだと思っていた。

「ちゃんと言ってくれればよかったのに」

「いいんです。仔猫みたいだし、ご主人さま、心配するでしょう？　それにもう、平気かもしれないと思ったから」

「でも、見てしまったんだね？」

　だから夜明けに近い中途半端な時間に、ユーリの寝台に忍んできたのに違いない。

　可哀想なリュリュ。

　軀の内側で、なにかがぎゅうっと凝縮されてゆく。

　ユーリは身をよじってリュリュと向かい合わせになると、手に余るほど大きな軀を強く抱きしめた。

　額に唇を押し当てた刹那、力なくへたっていた猫耳がぴんと立ち上がる。

「ご主人さま……！」

　次の瞬間にはユーリは寝台の上で、仰向けに押し潰されていた。飛びつく勢いでのしかかってきたリュリュがユーリの首や肩に顔を擦りつけまくっている。

あたたかく柔らかな感触にはっとして目を遣ると、すりすりするだけでは飽き足らなくなったのだろう、リュリュが膚にくちづけていた。ん、ん、とちいさな鼻声を漏らしながら首筋を吸い、高く浮いた鎖骨を齧る。

「ん、好き……。大好き、ご主人さま……」

ユーリも片手をリュリュの後頭部に回し、撫でた。

「私の可愛いリュリュ。私にとっても君が一番大切な存在だよ」

これまでもこれからも、リュリュのいない人生など考えられない。

感極まったように尻尾と耳を震わせたリュリュが口を吸ってくる。興奮した男に組み敷かれると身動きすらできなくなってしまうことをユーリは初めて知った。

粘膜を舐め回される。

体温が上がってゆくのがはっきりとわかった。

気持ちいい。

少し軀を浮かせ、リュリュがパジャマの下にも手を入れてくる。なにがいいのだろうと、少し不思議に思う。

リュリュなら綺麗だから理解できるが、自分はもう年で、触りたくなるような軀からはほど遠いのに。

リュリュが大きく熱い掌で大事そうに膚の上を撫でてくれるたび、熱が軀の内側に溜まってゆく。

ユーリもリュリュの背中に両手を回した。幼いリュリュがぐずった時によくしてやったように、背中を撫でてやる。以前とは比べものにならないほど逞しくなった肩や腕も。キスを解いたリュリュがすごく嬉しそうに笑うから、ユーリの口元も緩んでしまう。

「ご主人さま、大好き」

大きな猫のように軀をくねらせ懐いてくるリュリュと、寝台の上で戯れる。気恥ずかしくはあったけれど、あちこち触ってやったり、無邪気に舐められたりするのは楽しかった。若い頃ならば反応してしまっていただろうが、今のところその気配はない。血気盛んな若者でなくてよかったと、秘かに胸を撫で下ろす。

他愛のない触れあいで充分満足していたユーリは、若いリュリュが到底それくらいでは満たされないことまで思い至らなかった。

「ご主人さま、とってもいい匂いがする……」

上半身を起こしたリュリュが後ろへと軀をずらす。いきなり下着ごとパジャマのズボンを下ろされ、ユーリは慌てた。

「こら、リュリュ……っ」

太腿まで下げられたそれを戻そうとするより早く、性器をリュリュに摑まれてしまう。

鼻を寄せたリュリュにすんと匂いをかがれ、ユーリは羞恥で死にそうになった。

「そんな汚いものに触るんじゃない。放しなさい」

「やだ」

あぐ、と食いつかれ、硬直する。

ユーリと違い、リュリュは勃起していた。無邪気にじゃれつきながら、発情していたのだ。

——ぞくぞくした。

なにを興奮しているんだろう、私は。

変態じみた反応をしめす己に泣きたくなる。

リュリュは上目遣いにユーリの顔色を窺いながら、匂いが強いのであろう先端を舐め始める。矯《た》めつ眇《すが》めつ舌を鳴らす柔らかな容貌を見ていられなくて、ユーリは両腕で顔を覆った。

やめさせなければと思うのに、久しぶりの快楽に腰が蕩けてしまって動けない。

こめかみがどくどくと脈打つ。

リュリュが丹念に薄い皮膚を舐め回した。

無性に恥ずかしくてならない。この子の目に自分はどんな風に映っているのか、想像すると頭が破裂しそうになる。

「見るな……っ。こんなことをしては……だめだ……っ」

喘ぎながらなされた抗議に、リュリュは陰嚢《いんのう》を揉みしだくことで応えた。おかげでびくびくと腰が揺れてしまう。

「あ……っ、あ……っ」

掠れた声が、自分でもいやになるくらい弱々しい。

「ご主人さま、昔は一緒にお風呂に入ってたでしょ？　今更見るななんておかしくない？」

「君はもう、仔猫ではないだろう……？」

ぎしりと寝台が軋んだ。膝立ちになったリュリュが、腿に絡まっていたユーリの服を足から抜く。

「まあ、ね。でもそう言うなら、俺を仔猫扱いするのはやめて。俺はもう、仔猫の頃のように遊んでもらうだけじゃ足りないんです」

指先が尻の狭間を撫でる。己のまるで日に焼けていない生白い足がびくりと揺れるのが見えて、ユーリは無性に逃げ出したくなった。

「リュ、リュリュ……っ」

「大丈夫。いきなりじゃ無理なことくらいわかってる。ちょっと馴らすだけです。ね？」

長い中指を自分でしゃぶると、リュリュはそれをユーリの蕾《つぼみ》にあてがった。

「な……っ」

「一本だけしか入れないから、力を抜いて」

入り口が何度も何度もなぞられる。そうしているうちに乾いてしまった指をもう一度濡らすと、リュリュが指を入れてきた。

確かに一本だけだった。

痛みはほとんどないが、怖いし苦しい。

はあはあと喘ぐユーリのこめかみにリュリュがくちづける。

「ごめんなさい。すぐに気持ちよくしてあげるからね」

尻の中をいじくられながら前をしごかれ、ユーリは膝を立てた。

だらしなく口を開き喘ぐユーリを、リュリュはうっとりとした顔で見下ろしている。

「ご主人さま、すごく色っぽい……」

ユーリはリュリュを睨みつけた。

色っぽい？　私が？

――そんなことがあるわけがない。

むしろリュリュの前に、いい年をしていやらしく欲情した軀をさらしていることを思うと、気が遠くなりそうだ。

「ふ、あ、あ……」

まだ服の下に隠されているリュリュの股間のものは堅く張りつめている。どうにかしたいだろうに、リュリュは手だけでユーリを追いあげた。感じるところばかりを自分で出した露をまとった手でぬるぬるといじくられ腰が撥ねる。

「ああ……っ」

全身が燃え上がるかと思った。

凄まじい快楽に神経が灼き切れてしまいそう。

我が子のように可愛がっていた男の手に追いつめられ、ユーリは喉を反らす。弱々しく腰を震わせ吐精する。

白い喉にリュリュが唇を寄せた。

ひくつく性器を根本からしごきあげるようにして最後の一滴まで絞り尽くされ、ユーリは激しく胸を喘がせる。

「はあ、はあ……っ」

「ああ、どうしよう。ご主人さま、可愛い。大好き……っ」

ユーリに跨《また》がったリュリュの背骨がアーチを描く。かすかな音と振動から察するに、胸元に額を擦り付けた格好で、己を慰めているようだ。

「この軀、絶対他のひとには触らせないでくださいね。ご主人さまが欲しくてたまらないけれど、俺、できるだけ我慢しますから。気持ちいいことしか、しないから……」

腹に熱い液体がかけられたのを感じた。腹あたりまでたくしあげられていたパジャマの上が濡れ、じっとりと重くなる。

気持ち悪かったが、ユーリは普段しないことをしたせいで精神的にも体力的にも疲弊していた。

ぐったりしていると、手早く身なりを整えたリュリュが白濁を拭き取り、パジャマを脱がせてくれる。それから湯を張ったバスタブまで運ばれた。

ユーリはお姫さまではない。下手をすれば初老に分類される年の男なのに。

リュリュが朝食の用意をしてくると断って姿を消すと、ユーリは透明な湯に顎まで沈め両手で顔を覆った。

顔から火を噴きそうだった。

躯を傷つけるようなことはなにもされなかったけれど、不自然な姿勢を保っていたせいで、躯のあちこちが軋んでいる。ユーリに嫌われるのが怖かったのだろう、リュリュはとても丁寧に扱ってくれた。それがすごく……恥ずかしい。

のぼせそうになった頃、朝食の用意を終えたリュリュが戻ってきて、ユーリの抵抗などものともせず躯を洗い、バスタオルで全身を拭いて、服を着せてくれた。

幼児期のリュリュと立場が逆転してしまったようだ。

朝食は部屋のすぐ外のテラスに用意されていた。かなり身幅も丈も余ってしまうのに、リュリュのブルーグレーのシャツにクロップパンツを着せられたユーリが席に着くと、リユリュも向かい合ってテーブルにつく。

ポットから熱い紅茶が注がれ、ユーリはクロワッサンを手に取った。

リュリュと一体なにを話したらいいのか、わからない。

かちゃかちゃというカトラリーの音だけが部屋に響く。

朝から体力を消耗したせいか食が進み、パン籠が空になる。ゆっくりとした動作で食事するユーリを、リュリュはしあわせそうな笑顔で眺めていた。その表情が晴れやかであればあるほど気持ちが沈む。

流されて、リュリュとしてしまった。いや、されてしまったと言うべきだろうか。どっちでもいい。とにかく世間知らずの若い子を騙《だま》して食べてしまったような罪悪感がユーリを苛《さいな》む。

「そんな、後悔してますって顔、しないでください」

空になったティーカップに紅茶を注ぎながらリュリュが苦笑する。

「う……。いや別に、後悔しているわけではないんだが……」

「俺ね、今、すごくしあわせです」

最初からあまり食事に集中している風ではなかったリュリュが頬杖をつき、ふにゃりと微笑む。てらいなく浴びせられる熱視線に、ユーリは怯まざるをえない。

「だが、もし耳と尻尾をとってしまえば、私みたいな年寄りよりずっと君にふさわしい相手をいくらでも得られるんだぞ……?」

リュリュが呆れたような溜息をつく。

「ご主人さまはなんにもわかってないんですね。他に誰がいても、俺にはご主人さまでなければ意味ないんです」

「リュリュ、君はパメラ以外の女性に会ったことがないだろう?」

リュリュはぷっと吹き出した。

「俺、外出するたびに結構な数の女の子と話してますよ? でも、全然惹かれなかった」

そういえばそうだったとユーリは黙り込む。すっかり忘れていたが、リュリュは子爵の使用人と接触していた。貴族の屋敷のメイドは美人でなければ採用されない。菓子屋は菓子だけでなく店員もメディアに絶賛されていた。いわく、可愛い子揃いで眼福だと。

ユーリの上に据えられたままのリュリュの視線が、観念しろとせっついている。

ユーリはカトラリーを置いた。静かにリュリュの目を見返す。

「だが、君の恋心は本物なのか……? 君の幼少期は過酷だった。ご主人さまへの服従の習慣が、君にそうさせているだけじゃないのか……?」

なんでもご主人さまの意のままに。

幼児の頃から、駄々をこねたことなど数えるほどしかない。

言うより早くユーリの意を汲み取って、甲斐甲斐しく家事をこなし、可愛らしく甘えて見せる。

子育てに慣れていないユーリとしては助かったが――今思えば、都合良すぎた。

リュリュがきょとんと目を瞠る。

「どうして服従すると、ご主人さまに恋することになるんですか？」

「それは……。なんというか、私の意を汲んで……」

リュリュの顔が輝いた。

「じゃあ、ご主人さまも俺が好きだったんですね！」

「え」

思考が停止する。

非常にまずい言い方をしてしまったような気がする。

リカバリーする暇もなく、リュリュが畳みかける。

「じゃあ、俺がしたいことって全部、ご主人さまが望んだことなんだ！　ご主人さまはずっと、俺とこんないやらしいことをしたいと思ってくれてたんですね！」

「――――ん？」

立ち上がったリュリュがテーブルを回り込みつつ、椅子の背もたれを摑む。無造作に引きずってユーリの傍に寄せると、リュリュは猫そのものの優美さで腰を下ろした。左手で頬杖を突き、ユーリの顔を覗き込む。

「そっか。ヴァーノンが結婚勧めるたびに死ねって思ったり、自分でする時にいつもご主人さまのこと思ってしまったのも、ご主人さまが望んでいたからだったんですね。じゃあ、早く食事を終えて、寝台に戻ろ？　さっきから今すぐ寝台に戻ってご主人さまのこと全部貰いたくてうずうずしてたの、ご主人さまも物足りなかったからなんでしょう？　ごめんね、気づかなくて。えっちなこと、たくさんしよ？」

リュリュが微笑む。匂い立つような色気に、ユーリはたじたじになった。さりげなく太腿に置かれた手が付け根に向かって滑ってゆこうとするのを慌てて止める。

「ぜ、前言、撤回だ……」

そんなのは絶対に自分の望みではない。

リュリュがテーブルに突いた肘をゆっくりと崩す。テーブルの上に伏せてユーリを見上げ、恋をしているのだとありありとわかる微笑みを浮かべる。

「――好きです、ご主人さま。俺、なんの利もご主人さまに与えられないけど、愛人でもいい。傍に置いて」

健気《けなげ》な求愛に心が揺さぶられる。

信じても、いいのだろうか。

「愛人でもいいなんて、ばかなことを言うんじゃない」

指先で黒と茶が混じった髪を優しく梳く。それからユーリはリュリュの前髪を掻き上げ、剝《む》き出しになった額に接吻した。

ずっと傍にいたい。その気持ちは、ユーリも同じだ。

「ええと、今のキスってつまり、俺の恋人になってくれるってことだよね……？」

期待に満ちたリュリュの目が正視できず、ユーリは上気した顔を背ける。

リュリュの顔が輝いた。

「ご主人さま。俺もキス、したいです」

更に椅子を引きずって距離を詰めたリュリュの両手が腰に回される。しっかりと指を組み合わせた腕の輪の中に閉じこめられては、逃げようがない。

諦めて顔を仰向けたユーリに、リュリュが顔を寄せた。

＋　　＋　　＋

メイドに従い屋敷の奥へ奥へと進んでゆく。暗い色あいの絵画で飾られた廊下は豪奢《ごうしゃ》だが古めかしく、陰鬱な雰囲気だ。

だが、廊下を抜け硝子戸を開けると、突然視界が明るくなり、緑に溢れた空間が現れた。

空気があたたかい。頭上を見上げると、透明な硝子の上にいる鳩《はと》と目があう。

個人で所有するには、随分と大きな温室だった。小道を歩いてゆくとすぐ、地面に据えられたテーブルセットが見えてくる。椅子に腰掛け花をつけた大木を楽しそうに見上げているのはジル・ド・ヴィラール公爵だ。

「やあ、博士」

樹上を見上げたまま言葉だけで送られた挨拶に、ユーリは丁寧に一礼した。

「君が私に会いたがるとは珍しい」

「貴重な時間を割いてくださったことに感謝します」

花に隠れるようにして甘い芳香を放つ果実がたわわに実っている。掌に乗りそうなほど小さな猿が枝の間を走り回り、熟した実にかぶりついた。

「この間、動画で君の講演を見たよ。すごい人気だったな。まあ、平民出身のものはなかなか目立つ地位にはつけないし、ついたところですぐ失墜する。君に注目が集まるのもわかる」

「すべては公爵が引き立ててくださったおかげです」

お決まりの言葉を返すと、公爵はわかっているならいいとばかりに頷いた。この男にとってユーリは、従順であるべき下僕でしかない。

「さて、頼みごとがあるという話だったな」

ちょろちょろと木から下りてきた猿が公爵のテーブルに駆け上り、木の実を齧り始める。

「ええ。実は私もペットを飼っておりまして」

「ほう、初耳だな。なにを飼っているのだ？」

「猫です。黒と茶の錆猫」

「猫」

公爵の眉がぴくりと動いた。猿を追っていた目がようやくユーリに向けられる。

「それはなかなか希少なものを手に入れたな」

ユーリは秘かに掌を握りしめる。

「殺処分されそうなところを攫《さら》ってきたんです。私はこの猫が可愛くてならない」

「それで」

「あなたの庇護《ひご》が欲しい」

「博士」

公爵が立ち上がる。

下僕のように思っていた男がなにかを要求してくるような無礼を働くとは思っていなかったのだろう、表情が険しい。

公爵にはユーリの全てを取り上げられるだけの権力がある。逆らうのは恐ろしかったが、リュリュのために勇気を振り絞る。

「あなたが意図したとおり、私は合成獣計画殲滅を指揮した。子供たちを葬ったのも、私の命令だったということになっている」

「異論があったのかね？　あれらは美しすぎる。放たれれば人を堕落させる」

「お陰で私は未だに軍部に嫌われています。彼らが知ったらびっくりするでしょうね。何人ものすぐれた軍人を輩出した名家の主が、軍の意図に反して実験体の廃棄を強いたなんて。あなたのご子息たちの立場もどうなることか」

猿が公爵の肩の上に駆け上り、ユーリを威嚇した。

「私に逆らう気かね？」

「いいえ」

ユーリは気弱な笑みを覗かせる。

「今も昔も私はあなたに逆らえない……。ただ、お願いしているだけです。私の猫の行く末を保障して欲しいと。約束してくださるなら、あなたに私の偽りない友誼《ゆうぎ》を捧げましょう」

鋭い光を放つ目が細められる。

「おおきくでたな」

これは、賭だった。

普通ならたかが平民の忠誠にたいした意味などない。だが、ユーリは特別だ。

教会絡みの案件はよほどの野心家でない限り忌避される。貴族も聖職者もプライドが高い。些細なことで揉めて、仕事は片づいたものの教会に睨まれる羽目になった、という事例が後を絶たない。

引き受け手のない案件をいくつも押しつけられている間に、ユーリは教会から一定の信頼を得るようになっていた。教会の在り方は好きではなかったが、この国で生きてゆくにはこれは大きな力となる。

教会だけではなく、様々な団体や政府ともユーリは良好な関係を築いてきた。

野心などなかったから今日まで利用せずにきたが、ユーリの影響力は今や貴族の誰も真似できないほど多岐にわたる。

「なるほど、断れば、私は幾多の敵を得ることになるわけだ。ここで君を消し去ったところで、無駄なんだろう？」

ユーリはにっこりと微笑んだ。全てを暴露するデータがすでにキュヴィリエ博士に預けられていた。ユーリに何かあればヴァーノンからパスワードが渡され、全てがつまびらかになる。

「仕方がない。近いうちに君の猫を連れてきたまえ」

公爵がしみの浮いた腕を差し出した。同じ目線で向かい合い、ユーリは堅くその手を握る。

この男は一度した約束は破らない。長い年月をかけて凝り固まったこの男の美意識がそうすることを許さないのだ。

「ありがとうございます」

軽く頷くと、公爵はユーリへの関心を失ったようだった。席に戻り、猿へと手を伸ばす。一度も席を勧められないまま、面談は終わった。ユーリはメイドに導かれ温室を後にする。

＋　＋　＋

「おかえりなさいご主人さま！」

玄関ホールに入るなり大きな猫に抱きつかれ、ユーリは蹈鞴《たたら》を踏んだ。猫は大きな軀でユーリをしっかり抱き込んですりすりすると、有無をいわさずキスしてくる。

「んうっ」

体格の差を見ればわかるように、腕力ではかなわない。ユーリはおとなしくリュリュが満足するのを待った。

「ぷはっ」

長く熱烈なくちづけがようやく終わり、リュリュの肩に縋ったまま息を整えようとして、ユーリは凍りつく。

リュリュの後ろに、目を丸くしたヴァーノンがいた。

「なにやってんだ、おまえ⁉」

いきなりリュリュのシャツの背中を摑み、引き剝がす。ユーリは引き攣った笑みを浮かべた。

「ヴァーノン、来ていたのか」

「ご主人さまは俺のものなんだから、いいんですー」

なおもユーリのこめかみにすりすりしてくるリュリュに、ヴァーノンが蒼褪める。

「なんだと……？　どういうことだ？　まさか無理矢理……⁉」

「ヴァーノン、違うから。落ち着いてくれないか」

ユーリは苦笑し、リュリュを押しやった。

「リュリュ、お茶の用意を」

少し不満そうな顔をしたものの、リュリュはおとなしく屋敷の奥へと戻ってゆく。

足音が聞こえなくなると、ヴァーノンが詰め寄ってきた。

「博士」

「その、ヴァーノンには話そうと思っていたんだが、……そういうことになったんだ」

「……なんてこった……」

勢いよく仰け反ると、ヴァーノンは両手を広げた。沈痛な面もちで玄関ホールの中をうろうろと歩き回り始める。

「まあ、博士がリュリュに勝てる気は全然してなかったが……そうか……」

「結局、私はあの子が可愛くてならないんだよ」

「あーあー、知ってるよ。知ってるが！」

「お茶の用意ができました。どこに運べばいい？」

奥から顔を出したリュリュに促され、ユーリとヴァーノンは居間へと移動する。すぐさ
まテーブルに並べられたのは香り高い紅茶とフィナンシェだ。

「それで、今日ここに来た用件は？」

「ああ、小腹が減ったから——てのは冗談で、いくつか説明しておくべき提案が目につい
たからだな。博士個人宛の寄付の依頼だ。いずれも平民の教育訓練機関から」

「ああ、そういうのは怪しい団体でなければ応じるようにしているから」

なにも入れない紅茶の香りを楽しみつつ、喉を潤す。ヴァーノンが差し出したプリント
アウトには、ありふれた内容が記されていた。

「このところ平民出身者の躍進が目覚ましい。このままではパワーバランスが崩れるので
はないかと警戒する向きがある」

「警戒するほど華々しいかな？」

「その筆頭が博士だってわかっているか？」

「ああ……」

器からフィナンシェを一つ取って口に運ぶと、アーモンドのいい匂いが鼻に抜けた。

「博士が白亜の塔に入ってから、平民の進学率が上がっているのを知っているだろう？　それだけじゃない、政府スタッフも平民出身者率が上がっている。全部、博士の影響だ」

ユーリはただ、日々を乗り越えてゆくだけで精一杯で、なにを意図していたわけでもない。

「嬉しいことだな」

「博士」

どういう危険性が潜んでいるか理解してないと思ったのだろう、ヴァーノンの目つきが剣呑さを増す。だからユーリは両手を広げ、傷一つついていない我が身を示して見せた。

「大丈夫だよ。これまで通りうまくやる。なにも心配はいらない」

ユーリは見るからに人畜無害そうな、覇気《はき》のない男だ。長い年月を白亜の塔で過ごし、矛先を避ける術《すべ》だけは熟知している。

「ちゃんとわかってやってるんだな？」

低く、真剣な声で問われ、ユーリは自信をもって頷いた。

「ああ、覚悟も決まっている」

「――なら、いい。リュリュ、博士が無茶しないように見張ってくれよ」

フィナンシェを二つほど口の中に放り込むと、ヴァーノンは帰って行った。

二人きりになった途端、またリュリュにぎゅうぎゅうと抱きしめられ、ユーリは溜息をつく。

「なんだい？」

「――今日、ジル・ド・ヴィラール公爵に会ってきたんでしょう？」

躊躇いがちな、でも甘やかな声に、ユーリは少し驚いた。

言い逃れは許さないとばかりに、額に額が押しつけられる。

「どうして知っているのかな？」

「ご主人さまのことならなんでも知ってる。俺のために、あんまり無理しないでくださいね？」

黒紅色の瞳が、心の奥底まで見透かそうとするかのように眇められた。

腹の底の方がひやっとしたが、わかった、とは言えない。正しいと思う単語を一つ一つ拾い集めて唇で紡いでみる。

「――その、恋人の、ために……手を尽くすのは、当然じゃないのか――？」

「恋人……！」

感極まったようにぶるりと震えたリュリュの腕にまた力が入る。呼吸を確保するため、しっかりとした胸板に埋まりかけた顔を横に傾け、ユーリは苦笑した。

「苦しいよ、リュリュ」

＋　＋　＋

散水の音に、ユーリは老眼鏡を外し、軽く眉頭を揉んだ。

「もう、そんな時間か……」

窓の外では、スプリンクラーが回り、あちこちに虹が生まれている。

水を浴びてしまったのだろう、リュリュが膚に張りつくパーカーを無造作に頭から抜いてぶるぶるっと身を震わせるところが見えた。髪や猫耳から飛んだ水滴がきらきら光っている。

「ご主人さま！」

ユーリに気がついたリュリュが破顔する。水のアーチを飛び越え一目散に駆けてくる。仔猫の時からまるで変わらない行動に、ユーリは苦笑して窓を開けた。

「びしょびしょだな、リュリュ」

「今日は暑いから気持ちいいよ。ご主人さまも一緒にどう？」

ユーリはシャツの袖で、リュリュの頬に光る水滴を拭ってやる。

「スプリンクラーじゃ、シャワー代わりにはならないな」

「じゃあ、なんでもいいです。俺と遊んで？　この頃、ご主人さまってば、全然かまってくれないじゃないですか。淋しいです」

目的を果たし下ろそうとした手が捕らえられ、頬擦りされた。期待のこもった眼差しから、ユーリは逃げるように目を逸らす。

「——仕方ないだろう？　忙しかったんだ」

嘘ではない。だがユーリは、指示だけ出せばいい研究室に顔を出したり、普段なら丁重に断りを入れる類の招待に応じたりもしていた。

ユーリが疲労困憊《こんぱい》していれば、リュリュは添い寝するだけ、強引にことに及んだりしない、いい子だからだ。

リュリュのことは好きだ。

だがユーリには、最後までいたしてしまうことに躊躇いがあった。

おかげで二人の間には微妙な緊張感が漂っている。

「今日はもう家にいるんですよね？」

「デ……データの取りまとめをしないと」

「でも、お茶する時間くらいありますよね？　ご主人さまは最近根を詰めすぎです。少し休憩しないと！」

リュリュが窓枠を身軽に乗り越える。いきなり詰まった距離にユーリはどきりとした。硬直した軀が抱きしめられる。頬にそっと唇が押し当てられ、髪から滴った水滴がユーリの膚を濡らした。

「……冷たい」

「あっ、ごめんなさい。拭いてきます」

「シャワーも浴びてきなさい。緑の匂いがする」

庭の手入れをしていたのだろう、青臭い匂いがした。

リュリュはは一いと素直に返事をして浴室へと向かう。独りになると、ユーリは濡れた膚を指先で拭った。

「キス、か」

喜々としてまとわりついてくるリュリュと違い、ユーリは恋人扱いされると、なんともいたたまれない気分に陥ってしまう。

普段は自分を年寄りだと思うことなどないのだが、リュリュといると思い知らされずにはいられない。自分はもう若くはないのだと。

全体に嗜好《しこう》が淡泊になってきているユーリには、リュリュが垣間見せる情熱が眩しくてならない。というか、ちょっと怖い。傍にいてくれるだけで満足なのに、リュリュがユーリに向ける目には明らかな劣情の炎が灯っている。

——いや、セックスが嫌いなわけじゃないのだが。

自分はリュリュの要求に応えられるのだろうか。

漠然とした不安に浸っていると、通話を要求するサインがついた。普段の通信はメールが主なので珍しい。

「はい。ユーリだ」

発信人は、以前キュヴィリエ博士に紹介されたダヴィッドだった。回線が繋がった途端、上擦った声でまくしたてられ、ぎょっとする。どうやら大きなミスをして動転してしまっているらしい。

まずは落ち着かせ、どうするべきか指示していると、リュリュが髪を拭きながら戻ってきた。電話をしているユーリを目にすると、面白くなさそうな顔をして、背中に覆い被さってくる。通話内容が聞こえてしまうのはわかっていたが、別に隠すようなことはない。好きにさせていると、リュリュがぽつりと呟いた。

「ねえ、ご主人さま。こいつ、誰？」

あ、まずい。

そう直感したが途中で話を切ることなどできない。焦りを押し隠して話をしていると、リュリュに、はぐ、と耳を齧られた。

「こら。——ああ、すまない。猫が悪戯してね」

言い訳したのが気に入らなかったのだろうか、猫はおとなしくなるどころか、シャツの下に手を入れてきた。片手で服の上から押さえつけて動きを封じるが、シャワーを浴びた後だからだろう、リュリュの掌は熱く、気にしまいと思うのに、変に意識してしまう。

「さて、もう大丈夫だね。するべきことをしてきなさい。……ああ。……なにかあったらまた話を聞くよ。力になるから、頑張りなさい」

ぷつりと接続を切ると、ユーリはリュリュを振り返った。

「悪い子だ」

「だってご主人さま、俺の相手はしてくれないのに、わけのわからない変な男には優しくしてる」

「困っている後輩に助言していただけだろう?」

「ご主人さまの研究室のひとでもないのに?」

リュリュが背もたれを摑み、ユーリの座っている椅子を回転させた。

「うわ」

必定、リュリュと向かい合わせになる。リュリュは怒っているようだ。

「ねえ、俺はご主人さまの恋人ですよね？」

「あ、ああ……」

なんとも気恥ずかしくて、目を伏せようとすると、リュリュがぐっと身を乗り出し、顔を寄せた。

「なら、もっと俺を大事にしてくれてもいいんじゃないですか？　それともご主人さまはわざと俺を挑発しているの……？」

どこか淫靡《いんび》な声音。違うと言おうとした唇が唇に塞がれる。反射的に押し返そうとした手首は捕まれ、背もたれに押さえつけられた。

「ふ……ん……」

舌がどんなにいやらしい器官なのか、改めて思い知らされる。まるで別の生き物のように柔らかく蠢く肉に口の中を犯され、ユーリは苦しげな喉声を漏らした。

浸食される。リュリュの熱に、理性がジェラートのようにじくじくと音を立てながら蕩けてゆく。

「こら……勝手にこんなこと……」

なんとか顔を逸らし発した声は、我ながら厭になるほど甘く掠れていた。

「ご主人さまが意地悪ばかりするから悪いんです。俺がどれだけご主人さまに酷いことをしたいっていう衝動を押し殺してるると思ってるんですか……！」

ユーリはぽふぽふとリュリュの背を叩き、なだめる。

そんなに追い込まれていたのだろうか。

おとなしく寝てくれていたから、このままなんとか誤魔化せそうだと思っていたのだが、どうやら無理だったらしい。

噛みつくように首に吸いつかれる。

はぐはぐと甘噛みした後、ねろりと舐められて震える吐息を漏らすと、リュリュにいきなり抱き上げられた。

「こ、こら、リュリュ……！」

普通の人間とはやはり身体能力が違うのだろう。痩せているとはいえ、成人男性であるユーリの重量をものともせず、寝室へと運んでゆく。

「なにをする気だ。まだ昼間だぞ」

「昼間だと、なんだっていうんですか？」

リュリュはすっかり拗ねてしまっていた。上掛けを剝《は》いだ寝台に乱暴に下ろされ、軀が弾む。

「電話なんかしていたんだ、俺と遊んでくれる時間くらいあるよね？」

シーツの上に押し倒されてユーリは両手を頭の脇に掲げた。

これ以上は、逃げられなさそうだと、覚悟を決める。

「もう若くはないんだ。お手柔らかに頼むよ」

「大丈夫。ご主人さまを壊すようなことはしません」

リュリュの手がシャツのボタンを外してゆく。

全部外し終わると、自分のシャツにも手をかけた。一々ボタンを外すのがまどろっこしくなってしまったのだろう、裾に手をかけ、一気に頭から抜いてしまう。

若い肢体に目を奪われる。

本当に、この子を自分のものにしてしまっていいのだろうかという不安に駆られる。

「ご主人さま、変なこと考えてるでしょう」

リュリュは下半身に纏っていたものも引き下ろし、寝台の外へと蹴飛ばした。

「変なこと……？」

「そ、変なこと。だって、他にももっといい子がいるとか、前のご主人さまの洗脳のせいだとか言い出した時と同じ、変に虚ろな目をしてる」

確かにユーリはどこかで信じられずにいた。リュリュが他の誰でもない、自分を求めてくれているという幸運が。

だから恐れる。些細なことですべてが幻と消えてしまうことを。

だが、リュリュは何度でも明快に否定してくれる。

「ご主人さま、俺は幻なんかじゃありませんからね、絶っ対に、ご主人さまを手放したりしてあげないんですからね」

「あ、ああ……」

そうか。これは幻ではないのか。

リュリュはずっと自分の傍にいてくれるのか……。

急にリュリュがユーリの顔を覗き込んだ。

「どうしたの、ご主人さま。もしかして、厭？　俺とはしたくない……？」

「いや、そんなことはないよ。どうしてだ？」

薄い唇をぎこちなくたわめると、リュリュがおそるおそる髪を撫でてくれた。

「だって、今にも泣き出しそうに見えたから……」

「そうかい？　……おいで」

両腕を伸ばし、肩を引き寄せる。されるがままに軀を倒したリュリュが、仰向けに横たわるユーリを抱きしめた。

――ずっと、ひとと深く関わることなく生きてきた。

死ぬまで独りでも別にいいと思っていたのだが、リュリュといるとわかる。

自分を騙していただけだと。

リュリュを抱きしめるだけで、この上ない幸福を得られる。

リュリュを屋敷に連れ帰ったのは、憐れみではなく、無条件に愛せる相手が欲しいがゆえだったのかもしれない。

――この年になって、そういう意味で誰かを好きになることがあろうとは、思ってもいなかったけれど。

こめかみに唇が押し当てられる。

抵抗せずにいると、今度は唇を吸われた。ついばむようなキスに応えると、掌がシャツの下を這う。

男色の気などなかったのに、リュリュにされると情欲が掻き立てられた。

緩やかに熱が上がってゆく。

軀から力が抜け、年季の入った孤独が癒されてゆく。

陶然としていると、ベルトが緩められた。キスしながら下肢に纏っていたものを引き下ろされ、すべてを露わにされる。

「ご主人さま、好き……」

熱っぽい吐息が膚をくすぐった。

膝立ちになったリュリュに見下ろされ、ユーリは小さく身じろぐ。

髪の結び目が後頭部に当たって少し痛い。結っていた紐《ひも》を片手で解いて軽く頭を振ると、ぱさりと乾いた音を立てて長い灰色の髪がシーツの上に広がった。

ごくりと唾を呑み込む音に顔を上げると、真っ赤な顔をしたリュリュが不機嫌に唇を引き結んでいる。

「どうした、リュリュ」

「ご主人さま、な、なんでそーゆーえっちなことするんですか？　誘っているんですか？　やめてください、俺、これでも無茶しないよう、我慢してるんですから！」

「……意味がわからないんだが」

首を傾げると、シーツの上を長い灰色の髪がさらりと流れた。リュリュがううと唸って鼻を押さえる。強い視線が少し怖い。

鍛《きた》えたことなどない軀である。堂々と見せられるような自信などない。恥ずかしくて、少し後退って膝を閉じようとすると、いきなり膝頭を摑まれた。

「な……？」

「隠さないで。この間みたいに、全部、見せて」

すでにリュリュの下半身は反応を示している。

目にした瞬間、直感した。

今日はままごとのような戯れでは済まない。後戻りできない一線を越える。

リュリュが小さなボトルを取り出し、指で蓋を弾いた。掌に内容液が垂らされ、もったいぶったような間の後、ぬめるものが後口に触れる。

指が、入ってくる。

遠慮がちに中を掻き回されると、異物感に呼吸が乱れた。片手で口を押さえ、情けない声など出すまいと努めるが、時々妙に上擦った声が鼻に抜けてしまう。

やりにくかったのだろう、さらに膝裏をすくい上げられ、大きく足を割られ——ユーリはシーツを握りしめた。

「……っ」

なんて格好だろう。

ユーリは可愛い女の子ではない、いい歳をした男だ。

こんなみっともない姿を見たら、リュリュだって萎えてしまうのではないだろうか。

心配になって潤んだ目をリュリュに向けると、目が合った途端に溜息をつかれた。

「……リュリュ……？」

「もう、ご主人さま……っ、男なのに、俺よりうんと年上のくせに、なんでこんなに色っぽいんですか？　おとなの色気ってやつですか？　そんなの発揮されると困るんですけど！」

「なに、いってる……」

わけがわからない。

わかったのは、リュリュがひどく気を悪くしているらしいことだけ。

厳しいと言ってもいい真顔に気持ちが沈む。

「俺、ただでさえ余裕ないんですから、煽《あお》るような真似したら駄目です」

ぐいっと内壁を指の腹で押され、ユーリは小さく喘いだ。

指で軀の内側を犯される。

おまけに我慢できなくなったのだろう、足に硬いモノを擦りつけられた。

「こら、リュリュ……っ」

ユーリの生白い膚を、興奮しきって卑猥《ひわい》な形状に変化したリュリュ自身が淫猥な蜜で穢《けが》す。

嫌悪を感じるどころか、リュリュの雄がぬるんと膚の表面を滑るたびにぞくぞくした。

恐ろしくいやらしい感触に、頭が沸騰《ふっとう》しそうになる。

勃起した前に気がついたリュリュが目を細めた。

「感じてるの……？　ご主人さま」

直接鼓膜を震わされ、ユーリは身を竦める。

「ん……っ、違……っ」

リュリュの指が鉤《かぎ》形に曲がり、内壁を掻いた。途端に走り抜けた甘苦しい快感に、ユーリは小さな悲鳴を上げ身をくねらせる。

「ほら、感じてる。ここがご主人さまのイイところだよ」

「あ……っ、あ……っ」

息もできない。

指の腹でそこを優しく揉まれるたび、今にも射精してしまいそうな感覚に襲われる。

「気持ちいいんだよね？　中、ひくひくしてる……」

涙の膜が張った目で睨むと、リュリュが小さく息を飲んだ。

「……っ」

指先で目元に触れてきたので、噛みついてやる。ついでになんとなく舌を絡めてやると、ぱっとリュリュが手を引いた。

唾液が透明な糸を引く。

「あまり、いじめてくれるな、リュリュ……」

小さな声で頼むと、リュリュがくずおれるように背中を丸めた。

「っ、……サイアク……」

胸にリュリュの頭が当たっている。なぜか寝てしまっている耳とつむじがよく見えた。

「……？」

首を傾げると、いきなり指が引き抜かれた後、散々いじくられ腫れぼったくなった後孔に灼熱の杭があてられる。

ユーリは思わず息を詰め、身構えた。

くる。

ぐっと体重をかけられ、狭い入り口がいっぱいに引き伸ばされる。

裂けてしまうのではないかと思うほどの痛みに襲われ、ユーリは歯を食いしばった。

これは年寄りには荷が重い。

思わず胸を押してしまったが、潤滑液のおかげでそれは止まることなく、ぬるぬると入ってくる。

苦しい。

熱い。

でも……満たされる。

はくはくと喘いでいると、全部埋め込んだリュリュが頬にキスした。

「ご主人さま、中、ひくひくさせないでください。そんなに気持ちよくされたら、すぐ出てしまう……」

「そんなの、知らな……っ」

「知らない？　自分の軀のことなのに？」

くすくす笑うリュリュがあんまり綺麗で、ユーリは目を逸らした。

「うご、くな……っ」

どくんどくんと、ユーリの中で怒張したリュリュが脈打っている。

「苦しい？　ご主人さま」

「それから……っ」

リュリュの言葉を遮るように、ユーリは声を張り上げた。

「こんな時までご主人さまと呼ぶな」

自分たちの間に主従関係などない。

リュリュの口元が綻ぶ。大きな手がユーリの手を握った。

「じゃあ、ユーリさま……？」

耳元に甘く囁かれた瞬間、ぶわっと体温が上がる。

「あっ、あ！　そんな締めつけたら駄目……！」

締めつけてなんかいないと言おうとした瞬間、根元まで埋め込まれたそれがずるりと引かれた。同時に走った甘い痺れに、腰が砕ける。

「んう……っ」

「も、我慢、できない……っ」

最奥までぐんと突き上げられ、掠れた悲鳴が上がった。

視界がちかちか光り、リュリュを呑み込んでいる場所が締まったのが自分でもわかった。

「ん……っ、凄い……っ」

興奮したリュリュに、激しく穿《うが》たれる。

寝台がぎしぎしと悲鳴を上げ、弾んだ。

痛い。

でも、先刻いじられた場所をうまく擦り上げられると、軀だけでなく心まできゅううと引き絞られる。

「あ……っ」

そこをもっと突いて欲しい。

もどかしさに思わず尻に力を入れた瞬間、軀の奥で熱が弾けた。劣情があふれる感覚に、ユーリは不可思議な喜悦を覚える。

リュリュは、快楽の余韻《よいん》に喘いでいる。ユーリは重い腕を持ち上げ、汗に濡れた頰を掌で撫でてやった。

伏せられた瞼《まぶた》の下から、黒紅色の瞳が覗く。

「あ……ごめんなさい……。先に……」

恥じ入るリュリュが可愛くて、ユーリはおとなの余裕を示してやる。

「かまわないよ。気持ちよかった？」

「ん……」

キスをする。

終わったのに、なんとなく離れがたくて、お互いに汗ばんだ膚を触れあわせた。リュリユはユーリの中に収まったまま、出ていこうとしない。

「ごめんなさい、乱暴にして。痛かったよね？」

「大丈夫だよ。気にしなくていい」

「ご主人さま……じゃなくて、ユーリさまの中、すごく気持ちよかった。本当に蕩けちゃいそうだった」

「……っ、そういうのは言わなくていいから……っ」

腰を引こうとすると、すかさず引き戻され、ユーリは小さく呻いた。

萎えたはずのものが、さっきより大きくなっている。

「リュリュ？　ちょっと、待ちなさい」

「どうして？　ご主人さまがまだでしょう？　大丈夫。今度は優しくする。うんと気持ちよくしてあげるから」

リュリュは生き生きとしているが、ユーリは疲れ切っていた。

最初に言った通り、もう若くはないのだ。

「いや、私はもう――」

「お願い。いいでしょう？　ユーリさま」

リュリュの唇がユーリの名を紡ぐ。蕩けるように甘い声を耳にした瞬間、力が抜けたばかりか、動悸《どうき》までしてきた。

「ゆっくり、ね」

完全に復活したリュリュが律動を再開する。少し休んだせいか、慣れてきたからか、痛みは小さい。

「ん……」

頭のいい子だ。先刻の一戦でもう察してしまったのだろう、ゆるゆるとイイ場所を擦り上げられ、ユーリは震える吐息をついた。

確かに、気持ちいい……。

「ユーリさま……ユーリさま……。俺、この間、親だなんて思ってないって言ったでしょう？」

「ふ、う……っ」

「本当はね、主だとも思ってなかったんです」

え……？

ユーリは、快楽にとろんとした水色の瞳を瞬いた。

「こんな風にユーリさまって呼べるようになりたいってずっと思ってた。ちっちゃい頃から、ずっと。主としてではなく、好きだったから」

額にくちづけが落とされる。

「大きくなったら今度は絶対俺が守ってあげるんだって思ってた。身の周りのことだけでなく、お仕事のこととか、公爵のことでも。これからもっと俺を頼ってください。ユーリさまの力になれたら、それが俺の喜びなんです」

「リュリュ……」

翻弄、される。

心も軀も、リュリュのせいでぐちゃぐちゃだ。

あんまりにも気持ちがよくて――嬉しくて。

「大好きです……」

ぐっと奥を突かれ、ユーリは掠れた声を上げた。張りつめた性器にも指が巻きついてきて、慣れた手つきで扱《しご》かれる。

前でも後ろでも感じてしまい、ユーリは年甲斐もなく声を上げさせられた。

こんなことをするのは初めてのはずのリュリュに翻弄される。うんと年上のユーリはリードするどころか、息切れを起こしているくらいだ。

「ん……っ、ん……っ、も、いい。リュリュ、いいから……っ」

「ご主人さま、可愛い……」

先端の弱い部分をぬるぬると指の腹で擦られ、ユーリはわなないた。

ゆっくりという言葉通り、リュリュは急がない。

たまらない愉悦がいつまでも続き、おかしくなりそうだ。

だが、おかしくなってもきっと大丈夫、リュリュが喜々として面倒をみてくれることだろう。

リュリュはもう子供ではない大人の男で、ユーリの恋人なのだから。

あとがき

こんにちは。成瀬《なるせ》かのです。

この度はこの本をお手にとってくださって、ありがとうございました！

「或る猫と博士の話。」は、一度同人誌で出したお話です。成長後のさわりくらいまでしかなかった内容に加筆しました。

自分でもすごく好きなお話だったので、駒城《こましろ》ミチヲ先生の挿し絵で一冊の本に仕上げていただいて、大変に嬉しいです。スタイリッシュでかっこいいリュリュをありがとうございます！

幼児とか老眼鏡とか、商業誌では書かせてもらえなさそうと思っていたので、ＯＫしていただいた時はびっくりしました。

しかし、よく考えてみたら、普通に若くてかっこいい男がリュリュしかいないお話になってしまいました。いやでも枯れたおじさまとか萌えですよね！　ね‼

一応近未来ＳＦっぽい設定にはなっていますが、いつものごとくふんわりです。

実は今回は違うお話を書く予定で、プロットもＯＫをもらって打ち合わせまでしたのにどうにも筆が進まなくて、こっちの話に変更してもらったのでした。編集様には本当に申し訳ない……。いつかこちらもちゃんとまとめあげて、お目見えできればいいなと思っています。

ちなみにやめた方のお話も猫耳でした。
安定のけもみみ好きです。
けもみみに栄えあれ！

それでは次の本でもお会いできる事を願いつつ。

http://karen.saiin.net/~shocola/dd/dd.html　成瀬かの

Platinum Label

或《あ》る猫《ねこ》と博士《はかせ》の話《はなし》。

プラチナ文庫をお買いあげいただき、ありがとうございます。
この作品を読んでのご意見・ご感想をお待ちしております。

★ファンレターの宛先★

〒102-0072　東京都千代田区飯田橋3-3-1
プランタン出版　プラチナ文庫編集部気付
成瀬かの先生係 / 駒城ミチヲ先生係

各作品のご感想をWEBサイトにて募集しております。
プランタン出版WEBサイト http://www.printemps.jp

著者——**成瀬かの**（なるせ かの）
挿絵——**駒城ミチヲ**（こましろ みちを）
発行——**プランタン出版**
発売——**フランス書院**
〒102-0072　東京都千代田区飯田橋3-3-1
電話（営業）03-5226-5744
　　（編集）03-5226-5742
印刷——誠宏印刷
製本——若林製本工場

ISBN978-4-8296-2598-9 C0193

プラチナ文庫
Platinum Label

P2584

●好評発売中!●

365+1
凪良ゆう
YUU NAGIRA
初めての恋で、初めての恋人で、
初めての失恋。
同級生だった紺と綾野。夢を語り、想いを分かち合って共に歩むはずだった。けれど紺は上京し、綾野は地元に残ることになり……。
Illustration:湖水きよ